dtv

In Oberweschnegg ist bei der Erzählerin, ih-
rem Dauerfreund Konrad und der Oberkatz
Schlumpel ein Kartäuserkaterkind eingezoge
und sorgt für allerlei Wirbel. Mit Katercharm
wickelt Schnuff jeden um die Pfote, doch Kon
rad macht sich Sorgen. Warum spricht der klei
ne Kater nicht mit ihm? – Neue warmherzig
und bezaubernde Geschichten aus der erprob
ten Feder von Eva Berberich.

Eva Berberich lebt mit Katze und Ehemanr
dem Schriftsteller Armin Ayren, in Oberwesch
negg im Hochschwarzwald. Mit ihren Bücher
hat sie sich in die Herzen unzähliger Katzen
freunde geschrieben.

Eva Berberich

Der Kater, der nicht reden wollte

Mit Illustrationen der Autorin

Deutscher Taschenbuch Verlag

Von Eva Berberich
sind im Deutschen Taschenbuch Verlag erschienen:
Alles für den Kater (dtv großdruck 25187)
Das Glück ist eine Katze (dtv großdruck 25232)
Nicht ohne meinen Kater (dtv großdruck 25280)
In der Blauen Stunde
kommen die Katzen (dtv großdruck 25295)

Ausführliche Informationen über
unsere Autoren und Bücher
finden Sie auf unserer Website
www.dtv.de

MIX
Papier aus verantwortungsvollen Quellen
FSC® C019821

Ungekürzte Ausgabe 2011

Umschlagkonzept: Balk & Brumshagen
Umschlagbild: Andrew Beckett (Die ILLUSTRATOREN)
Gesetzt aus der Stempel Garamond 12/14' (3B2)
Gesamtherstellung: Druckerei C. H. Beck, Nördlingen
Gedruckt auf säurefreiem, chlorfrei gebleichtem Papier
Printed in Germany · ISBN 978-3-423-25316-1

Für meine Freundin
Waltraud

Gesicht gesträubt: die Iris weit:
ein unentschlüsselbarer Blick:
auf kleinen Pfoten läuft ein Stück von Leben
mit uns durch die Zeit.

Günter Kunert

Inhalt

Wir vier

Am Anfang war der Teufel. Mephistopheles. Stoffele. Der schwarze Kater mit der weißen Schwanzspitze, dem ich – wie er zu sagen pflegte – zugelaufen war, der ein Jahr lang mein Leben bereichert hat und vom Dach gefallen ist, als er mir einen Stern vom Himmel herunterholen wollte.

Ein Taugenichts, Faulpelz und Macho, wie er längst im Buche steht (nachzulesen in ›Alles für den Kater‹, dtv 25187) und den ich geliebt habe. Und weil keiner, der mal von einer Katze als Lebensgefährte erwählt wurde, mehr ohne Katze sein kann, denn eine Katze sticht für ihn jedes andere Haustier aus, ob Elefant, Boa Constrictor oder Stallhase, folgte ihm, nach Einhaltung der Trauerzeit, Schlumpel, sein rotbepelztes, grünäugiges Enkelkind, eine wahre Schmuddelkatz, verschmust, raffiniert und blitzgescheit, die seither mein Leben teilt, das ich wiederum mit Konrad teile. Aber nicht immer, nur an den Wochenenden und wenn Konrad bei uns auf dem Land urlaubt.

Konrad und Schlumpel haben nach anfänglichen Machtkämpfen, die Konrad natürlich verloren hat, eine Art Burgfrieden geschlossen und kommen inzwischen ganz manierlich miteinander aus. Aber da Schlumpel nun mal meine Schlumpel ist, wuchs in Konrad die Sehnsucht nach, wie er sagte, »was Eigenem«; dieses Eigene brachte er eines Tages aus dem Tierheim mit, und wir nannten es Schnuffel.

Schnuffel ist also hauptsächlich Konrads Kater und männliche Verstärkung, mit ihm fühlt er sich meiner Katze und mir eher gewachsen. Schnuffel heißt so, weil er, als er im Alter von zehn Wochen bei uns einzog, seine Umgebung hauptsächlich mit der Nase erkundete. Das verbindet ihn mit Marseus van Schrieck, einem bemerkenswerten holländischen Maler des siebzehnten Jahrhunderts, dem seine Künstlerkollegen den Spitznamen »Snuffelaer« gaben, weil er durch Wald und Flur zog, überall nach Schlangen, Lurchen, Kröten, Eidechsen, Fröschen, Insekten und Pilzen herumschnüffelte und, was er gefunden hatte, auf seinen Bildern ins rechte Licht setzte. Wer's nicht glaubt, der kann ja im Lexikon nachschauen.

Schnuffel malt jedoch nicht, Schnuffel schnuffelt nur, das aber ebenfalls mit Inbrunst. Und zwar bei Schlumpel und mir auf dem Land in Oberweschnegg. Denn Konrads Stadtwohnung ist nicht katertauglich. Auch hätte Konrad dort keine Zeit für ihn und außerdem Angst um seine wertvollen Bücher, in denen Schnuffel, nachdem Konrad ihm das Lesen beigebracht hätte, herumschmökern würde, womöglich mit dreckigen Pfoten.

Aber Konrad zahlt reichlich Alimente in Form von Dosenfutter und Leckerli, da lässt er sich nicht lumpen.

Schnuffels Erziehung übernahm zunächst einmal Schlumpel, wobei sie recht autoritär vorging, was sein musste, wie sie mir immer wieder erklärte, wenn sie ihn verdroschen hatte. Schnuffel gedieh dabei ausgezeichnet. Nur –

Konrads Stirn legte sich in Sorgenfalten. »Er sagt immer noch nichts. Ob er stumm ist?«

»Ist er nicht«, beruhigte ich ihn. »Ich hab auch lange nichts gesagt. Nur gebrüllt. Und ich konnte erst mit fünf ein anständiges S herausbringen.«

Abgesehen von seiner mangelnden Redelust war Schnuffel wirklich eine Freude und Augenweide. Was Katzenkinder immer sind, wenn man nicht allzu sehr an einwandfreien Polstermöbeln, unbefleckten Teppichen, unzerschlissenen Kissen und unzerkauten Vorhangfransen hängt, an den Schätzen also, die, so steht's geschrieben, sowieso Rost und Motten fressen werden.

Schnuffel ist ein kleiner Kartäuser mit gelben Bernsteinaugen und einem kurzen mausgrauen Wuschelpelz. Ein richtiger Handschmeichler.

Schnuff

Ich stand vor der Haustür. »Schlumpel!«, rief ich, »komm schnell, Fleischbällchen!«

Schlumpel ließ mich erst ein bisschen warten, obwohl ich genau sah, dass sie hinterm Johannisbeerbusch lag und hackfleischbällchenlüstern die Ohren spitzte. Aber eine Katze, die auf sich hält, rennt nicht gleich los, wenn man sie ruft. Sie wartet eine kleine Weile, dann schlendert sie daher, schnuppert an einer Rose, begrüßt einen Schneck, betrachtet sinnend den Schubkarren und lauscht dem melodischen Klang des nachbarlichen Rasenmähers. Es soll aussehen, als komme sie freiwillig und ganz zufällig mal eben vorbei. Doch einer kam gerannt: Schnuffel. Ein kleiner Kater kennt die Rituale halt noch nicht so gut.

»Dich mein ich nicht, Schnuffel, ich meine Schlumpel. Du warst schon dran, bist pumpsatt und hast den Ranzen voll.«

Aber Schnuffel guckte, als fühle er sich gemeint. Und da ging mir auf, warum.

»Konrad«, sagte ich abends, »wir sind vielleicht bescheuert!«

Konrad fühlte sich nicht gemeint. »Wieso bist du bescheuert?«

»Wie heißt meine Katze?«

»Wie soll sie schon heißen? So, wie sie aussieht und guckt: Schlumpel.«

»Und wie heißt dein Kater?«

»Wie soll er schon heißen? So, wie er sich benimmt: Schnuffel.«

»Und fällt dir dabei was auf?«

Konrad fiel nichts auf.

»Sag mal die beiden Namen hintereinander.«

»Schnuffel«, sagte Konrad. »Schnuffel und Schlumpel und Schlumpel und Schnuffel.« Und dann fiel der Groschen: »In beiden steckt ein u. Und sie klingen gleich lang.«

»Deshalb fühlen sich beide gemeint, wenn ich rufe. Weil ihre Namen so ähnlich klingen.«

Konrad dachte nach. Und weil er klug und weise ist, fand er eine Lösung für das Problem: »Schlumpel können wir nicht umtaufen, die ist an den Namen gewöhnt. Aber Schnuffel ist noch lernfähig. Wir nennen ihn einfach Schnuff. Das ist kurz und knapp und nicht mit Schlumpel zu verwechseln.« Er probierte den Namen aus. »Schnuff!«, rief er in allen Tonarten und Stimmlagen, »Schnuff! Schnuff! Schnuff!«

Schnuff kam, was Konrad beeindruckte,

kriegte ein Leckerli, was Schnuff beeindruckte; und so übten die beiden eine Stunde lang. Schnuffs Bäuchlein wurde immer runder vor lauter Leckerli, und dann spuckte er auf den Wohnzimmerteppich, was Konrad so mitnahm, dass er sich außerstande fühlte, den Teppich wieder sauber zu machen, weshalb ich – na ja.

So wurde aus Schnuffel Schnuff.

Weg

Neugier kennt keine Grenzen. Und Schnuff war die verkörperte Neugier. Eines Morgens zog er wieder aus, wie Hänschen klein in die weite Welt hinein – sprich Oberweschnegg –, nur ohne Stock und Hut, und abends kam er nicht mehr heim.

Konrad, der mich immer zur Mäßigung anhält, wenn Schlumpel mal weg ist, und den es geniert, wenn ich »Schlumpel, Schlumpel!« rufend durch Wies und Feld renne, Konrad drehte am Telefon fast durch.

»Ich hab's geahnt. Hab ich's nicht geahnt? Ihr habt nicht aufgepasst, ihr beiden. Ein Fall von sträflicher Vernachlässigung der Aufsichtspflicht. So ein kleines Geschöpf. Hilflos, angewiesen auf Liebe, menschliche Fürsorge und –«

»Reg dich nicht auf! So hilflos ist Schnuff gar nicht. Der kann sich schon seiner Haut wehren.«

»Verirrt hat er sich«, sagte die Konradstimme dumpf. »Und er kann nicht mal sagen, wo er hingehört, wenn ihn einer findet, halb verhungert oder schwer verletzt. Mit gebrochenem Schwanz und zerfetztem Ohr. Weil er ja den Mund nicht aufkriegt.«

»Ach was, hier kennt ihn doch jeder.«

»Ein tätowiertes Ohr hätt er gebraucht, ein Halsband mit seinem Namen drauf, eine Nummer, einen Chip, ich hab's dir schon ein paar Mal gesagt, aber du hörst mir ja nie zu.«

»Wenn er wieder da ist, kriegt er einen Kinderausweis«, versprach ich. »Mit unveränderlichen Kennzeichen: Kater, klein, grau, stumm, auf den Namen Schnuff hörend – oder auch nicht.«

»Und ein Glöckchen um den Hals«, forderte Konrad. »Am Sonntag komm ich. Wenn er bis dann nicht da ist, weiß ich nicht, was ich tu. Mein Blutdruck –«

Seine Stimme klang gebrochen. Dann war Konrad weg.

»Aber Konrad weinet sehr, hat ja nun kein Schnuff nicht mehr …«

Das alte Kinderlied zog mir, leicht abgewandelt, wieder durch den Sinn, und mir wurde ganz flau.

»Was machen wir jetzt?«, fragte ich meine Katze.

Schlumpel schlug Müffchen vor, wie jedes Mal, wenn ein Problem zu lösen war.

»Du weißt genau, dass ich das nicht hinkrieg«, sagte ich.

Und also machte nur Schlumpel Müffchen, was ihr gut stand und, wie jede Katze und jeder Katzenmensch weiß, das Nachdenken fördert.

»Na«, fragte ich, »ist dir was eingefallen?«

Dem war nicht so. Schlumpel gähnte.

»Du hast nicht nachgedacht, Schlumpel, du hast gepennt.«

Dem war so. Aber den seinen gibt's der Herr offenbar halt doch im Schlaf, denn –

»Ich hab ihn gesehen«, sagte Schlumpel.

»Du? Wen?«

»Schnuff.«

»Wann denn?«

»Vorhin.«

»Und wo?«

»Im Traum.«

»So, so. Und wo steckt er?«

»Draußen.«

»Wo draußen?«

»Im Garten.«

»Wo im Garten?«

»Im Vogelhäusle.«

»Mach Sachen! Wie ist er da hinaufgekommen?«

»Mit den Pfoten. Er hat ja vier Stück.«

»Was tut er dort?«

»Er hockt drin.«

»Und was macht er drin?«

»Dumm gucken.«

»Warum guckt Schnuff dumm?« An diesem Satz hätte Konrad seine Freude gehabt. So viele u, in jedem Wort eins.

»Weil er was gemerkt hat.«

»Was denn?«

»Dass er keiner ist.«

»Dass er kein was ist?«

»Kein Vogel. Dass er nicht einfach fortfliegen kann.«

»Schnuff hat gedacht, er sei ein Vogel?«

»Der denkt nix«, sagte Schlumpel. »Der ist blöd.«

»Ist er nicht. Er ist halt noch klein, das warst du auch mal.«

»Klein schon«, sagte Schlumpel. »Aber blöd nicht. Nicht mal im Traum.«

»Wie lange hockt er schon im Vogelhäusle, klein, blöd und stumm?«

»Weiß ich nicht.« Sie rollte sich wieder zusammen, legte den Schwanz über den Kopf, um mir kundzutun, sie bedürfe noch dringend der Ruhe.

»Schlumpel, du weißt es ganz genau.«

»Der hockt dort seit gestern«, klang es durch den Schwanz.

»Er hätt doch erfrieren können«, sagte ich

vorwurfsvoll. »Im Garten liegt schon Schnee. Du bist eine Rabenstiefmutter.«

»Er hat seinen Pelzmantel an. Und drinnen im Vogelhäusle ist's schön trocken.«

»Aber er muss doch Hunger haben.«

»Körner sind gesund.«

»So ein Quatsch.«

»Sagst du doch immer.«

»Ja, aber nur für Vögel.«

»Bist du ein Vogel?«

»Natürlich nicht.«

»Du frisst auch Körner.«

»Weil sie gesund sind. Aber warum ist er nicht wieder runtergekommen?«

»Er hat Schiss.«

»So hoch droben ist das Vogelhäusle doch gar nicht. Höchstens eins sechzig. Konrad hat es nicht höher befestigt, damit ich mit der Kehrschaufel das Futter hineinschütten kann. Also: Vor wem hat Schnuff Schiss?«

»Vor mir.«

Ich schob den Schwanz von Schlumpels Kopf: »Guck mich an! Was hast du ihm getan?«

»Nix.«

»Du schwindelst.«

»Ich hab ihm nur gesagt, wenn er runterkommt, verhau ich ihn.«

»Aber warum denn?«

»Damit er's weiß.«

»Damit er was weiß?«

»Wer zuerst frisst. Nämlich ich.«

»Und du glaubst, er weiß es jetzt?«

»Klar.« Schlumpel schleckte sich zufrieden die Schwanzspitze. »Meine Erziehung!«

»Du bist ein ganz autoritäres Miststück«, sagte ich empört.

»Was sein muss, muss sein«, sagte Schlumpel. »Unser Konrad hat ja keine Ahnung von Erziehung.«

So pflegt sie ihn nämlich zu nennen. Unseren Konrad.

»Wo warst du denn, mein armer kleiner Schnuff?«

Konrad saß im Musiksessel, seinen wiedergefundenen Kater im Arm. Der schnurrte ihm was ins beglückte Ohr, schleckte ihm die Nase ab und sagte kein einziges Wort.

»Er war im Vogelhäusle, lieber Konrad.«

»Aber was hast du bloß dort gesucht?«

Schnuff verweigerte die Antwort und guckte einfach nur kühn.

»Schlumpel hat ihn gefunden«, sagte ich. »Und gerettet. Bedank dich bei ihr!«

»Fisch oder Fleisch?«, fragte Konrad. Er pflegt nämlich auch ihr ab und zu Leckerli mitzubringen, um gut Wetter zu machen.

»Beides«, sagte Schlumpel.

Zum Abendessen speisten Konrad und ich Kartoffelsalat und Wienerle, Schlumpel saß drunten vor ihrem Schüsselchen mit »Lachsstückchen hochfein an Soße«, in gebührendem Abstand hinter ihr hockte Schnuff, schön ordentlich Pfot bei Pfot, guckte ihr die hochfeinen Lachsstückchen vom Teller und schluckte.

»Komisch«, sagte Konrad, »wie der sich zurückhält. Obwohl er sich dauernd das Maul, die Schnauze – das Schnäuzchen schleckt.«

»Er genießt eben eine ausgezeichnete Kinderstube«, sagte ich. »Vermutlich denkt er: Ladies first! Bedank dich bei Schlumpel.«

Konrad füllte Schlumpels Schüsselchen gleich noch mal mit Leckerli. Als sie damit fertig war und kein Lachsstückchen mehr übrig, nur noch etwas Soße, gestattete sie Schnuff, das Schüsselchen leer zu schlecken.

Gespensterballade

Vor dem Fenster hing die Dämmerung. Schnuff hatte jede Menge Schneeflocken gefressen, hockte nun im Körbchen und guckte mich unverwandt an. Irgendwie leise flehend. Das ist sein Geschichtengesicht, denn Schnuff ist, wie bisher alle unsere Katzen, wild auf Geschichten. Noch wilder ist er auf den Zirkus, den wir dabei aufführen, auf das ganze Drumherum, das Gesichterschneiden, Stimmeheben, Augenrollen, Herumfuchteln.

»Muss es gerade jetzt sein?«

»Muss!«, sagte sein Schwanz – wenigstens der redet mit uns – und zeigte in einer sanften Kurve leicht nach oben.

»Also dann eine Geschichte für Schnuffs Schwanz«, sagte ich, schob den Apfelkuchen in den Backofen und befahl dem Zeitgockel, nach fünfundvierzig Minuten zu krähen. Sollte er es, wie letztes Mal, vergessen, lande er im Römertopf. »Was darf's denn sein?«

»Was mit Grusel«, sagte Schlumpel. Sie lag auf dem Lattenrost überm Heizkörper, ließ die

Pfoten durch die Spalten hängen und röstete den Bauch. »Der dort oben erzählt ihm auch oft eine.«

Der dort ist Herr E. T. A. Hoffmann – das ist der mit dem ›Kater Murr‹ –, der im dritten Regal der Bücherwand mit seinem Gesamtwerk vertreten ist und zu dem Schnuff eine innige Zuneigung gefasst hat. Jetzt weiß ich also, warum er so gern dort oben hockt. Nicht umsonst ist Hoffmann als »Gespensterhoffmann« in die Literaturgeschichte eingegangen.

»Aber Schnuff grault sich doch nie. Der tut nur so.«

»Wegen dir«, sagte Schlumpel durchaus pragmatisch, »damit du dich freust. Und wenn du dich freust, machst du hinterher eine hochfeine Büchse auf. Und dann freut Schnuff sich.«

Noch so klein, dachte ich, und schon so gewieft! Zündete die dicke Erzählkerze an, begab mich in Konrads Musiksessel – Schnuff sprang aus Sicherheitsgründen auf meinen Schoß – und begann mit gedämpfter Stimme: »Es war einmal ein Schloss, das stand ...«

»... sehr grau und alt«, erklang es von der Tür her, »mittendrin im tiefsten Wald. Mit dicken Mauern, hohem Turm trotzt es jedem wilden Sturm. Drei Raben hört man nächtlich krächzen, hört auch die alten Bäume ächzen.

Hört die klugen großgeäugten grauen Eulen im verfallenden Gemäuer greulich heulen.«

Auch Schnuff äugte groß: »Heul mal!«, baten seine Augen. »Ächz mal!«

Konrad ächzte und heulte: »Kraraaaaaaaa! Huhuuuuuuuu!«

Es war beeindruckend. Für mich tut er das nie.

»Verzieh dich!«, sagte ich. »Du störst!«

Konrad ging vor Schnuff, der ihn fasziniert anstarrte, in die Knie: »In den Bäumen sieht man manchmal ganz weit oben droben« – Schnuff folgte seinem an die Decke zeigenden Finger – »einen dicken runden Vollmond seine gelben Träume träumen. Und im Schlossteich, schwarz und sumpfig, stöhnt es dumpfig, bumpfig, schlumpfig. Und die Raben, diese alten schlauen Knaben, kreisen immer um den Turm bei Wind und Sturm: der Nachtkrabb, der Waldkrabb, der Mondkrabb.«

»Halt den Schnabel!«, sagte ich. Konrad ließ sich uns gegenüber auf das Sofa fallen und hielt die Hand auf den Schnabel.

»Es war ein Spukschloss«, erzählte ich weiter, »in dem aber niemand mehr rumspukte. Das alte Gespenst war leider erlöst worden, nun war das Schloss ganz allein, und nachts langweilte es sich. Raben, sagte das Schloss, ein Gespenst muss wieder her!«

Konrad entriss mir das Wort. »›Wie soll's

denn sein? Groß oder klein?‹, krächzten die Raben.« Er blinzelte Schnuff zu. Der sprang auf seinen Schoß und himmelte ihn an, was Konrad gewaltig beflügelte: »›Ein Kettenklirrer?‹, krächzten die Raben, ›ein Durchdiegängeirrer? Ein Imverliesverreckler? Ein Sichimschrankversteckler? Ein Kratzandermauer? Ein Liegaufderlauer? Ein Wurgler? Ein Gurgler? Oder ein toller Augenroller?‹« Noch nie hatte ich ihn so die Augen rollen sehen. Er war ein Talent. Schnuff rollte begeistert mit.

»Gib nicht so an!«, sagte ich, und zu Schnuff: »Hier geht's weiter!« Und als er wieder auf meinem Schoß saß: »›Ist mir wurscht‹, sagte das Schloss, ›Hauptsache es spukt!‹ Die Raben flogen davon und krächzten: ›Schlossgespenst gesucht. Einmalige Gelegenheit. Bitte melden! Bitte melden!‹ Es meldeten sich jede Menge Gespenster.«

»Die Gespenster freuten sich sehr und zogen den Raben hinterher«, sagte Konrad beschwörend, was Schnuff als Aufforderung betrachtete, wieder auf seine Knie überzuwechseln. »Das Schloss fanden sie toll, ganz wundervoll.« Dann putzte er sich die Nase, was ich ausnutzte, Schnuff ein Katzengutsel hinhielt, und schon saß er wieder auf meinem Schoß.

»›Prima Schloss!‹, sagten sie, ›hier bleiben und spuken wir, alle miteinander.‹«

»Huhuuu!«, brüllte Konrad.

»Du heulst wie ein Wolf, nicht wie ein Gespenst«, sagte ich kühl und hielt Schnuff fest, der schon wieder auf dem Sprung war. »›Bitte nicht!‹, jammerte das Schloss, ›eins reicht. Raben, was mach ich bloß?‹ Die Raben waren für ein Probespuken. ›Der beste Spuker‹, krächzten sie, ›darf bleiben.‹ In der nächsten Nacht sollte das große Spuken stattfinden. Da hatten die Gespenster noch viel zu tun.«

»Was?«, fragten Schnuffs Funkelaugen.

Konrad zwinkerte ihm zu, aber ich legte den Arm fest um ihn.

»Ketten schmieren«, sagte Konrad beschwörend. »Mit Knochen schön klappern. Heulen üben und stöhnen und ächzen und schauerlich lachen und heiser krächzen. Auf Schlabbergewänder Blutflecken machen. Wie trägt man zierlich den Kopf unterm Arm? Wie kreischt und heult man, dass Gott erbarm? So wenig Zeit, die muss man nutzen, die Vampirzähne sauber putzen. In dunklen Eckchen sucht man Versteckchen. Übt Augengefunkel und Munkeln im Dunkel. Und …«

»Reicht«, sagte ich. »Um Mitternacht ging's los. Eine Stunde lang spukten sie wie verrückt. Der Mond war längst in Ohnmacht gefallen. Nur ein Gespenst muckste sich nicht. Es lag im rot-weiß karierten Himmelbett, in dem Ritter Konrad« – ich deutete anklagend mit dem Finger auf mein Gegenüber – »der da ist sein Ururururenkel – als böser Gatte seine Gemahlin meuchlerisch abgemurkst hatte.«

Schnuffs Schwanz wurde zu einer aufgeplusterten Bürste.

»Komm her«, lockte Konrad, »dann erfährst du Genaueres!« Er raschelte zusätzlich mit der grünen Katzentabs-Büchse, und schon hatte er ihn. »Weil«, sagte Konrad triumphierend, »diese Gattin alle Türklinken verbäbbt hatte. Die Kerzen nie löschte, wo die doch so teuer waren. Das Schlafzimmerfenster immer sperrangelweit aufriss, sodass dem armen Konrad dauernd die ritterliche Nase lief. Und noch so ein paar Sachen. Drum hat Ritter Konrad sein Weib völlig zu Recht erwurgelt. Verzurgelt. Zergurgelt. Auf diesem Bett, rot-weiß kariert, ist es passiert.« Er kraulte Schnuff hinter den Ohren.

»Aber das Gespenst«, sagte ich, »schlief wie ein Sack.«

Schnuff wechselte den Schoß. »Warum?«, fragte sein Schwanz.

»Es hatte in der Gespensterschule, in der man anständig spuken lernt, nachsitzen müssen, wegen schwänzen. Es musste hundertmal den Satz schreiben: ›Vampir schreibt man mit V.‹ Nun schrieb es das Wort mit V, aber auch mit ie: Vampier. Todmüde vom Schreiben verschlief es die ganze Spukerei. Aber die Leute, die in der Nähe des Schlosses wohnten, erwachten von dem Heulen und Brüllen und Jammern und Stöhnen und Rumpeln und Pumpeln. Und sie schrien: ...«

Konrad entriss mir das Wort und damit auch Schnuff: »Ha, schrien sie entzückt, im Schloss wird wieder gespükt. Da kann man nicht dösen, so ein Gespenst muss man erlösen.«

»Dann kriegt man nämlich einen Schatz«, erklärte ich.

Und Konrad: »Sie fuhren im Nu in Hosen und Hemden und knöpften sie zu, suchten auch Strümpf und passende Schuh. Und als Ohrenschutz eine warme Mutz.«

»Und dann?«, fragte Schnuffs Schwanz.

»Her zu mir!«, sagte ich, dann machte ich weiter: »Sie zogen also zum Schloss. Das kriegte einen mordsmäßigen Schrecken. Wenn die auf Gespensterjagd gehen und die ganze Erlöserei beginnt, ist's aus mit meiner schönen Ruh, dachte es. Haut ab! rief es den Gespenstern zu, die Erlöser kommen, dann müsst ihr alle, alle in den Himmel! Bloß nicht! kreischten die Gespenster und suchten das Weite, und als die Leute vor dem Schloss standen, hörten und sahen sie kein Fitzelchen von einem Gespenst, dachten, sie hätten alles nur geträumt, und zogen heim. Und es war wieder totenmucksmäuschenstill.«

Mitten in die Mucksmäuschenstille hinein meldete der Zeitgockel, der Apfelkuchen sei so weit. Ich schaltete den Backofen aus, holte den Kuchen heraus, stellte ihn auf den gedeckten Tisch, und weiter ging's: »Von dem Krach, den der Gockel gemacht hatte, war das Gespenst erwacht. Es rannte hinauf auf den uralten Turm, aber da war niemand Gespenstiges. Schön, sagte es, spuck ich halt allein. Holte tief Luft und spuckte in hohem Bogen vom Turm in den schwarzen sumpfigen dumpfigen Schlossteich hinunter.«

Konrad sprang auf und schlug mit den Flügeln: »Bravo!, schrien die Raben, die uralten Knaben, gut gespuckt, Kleiner, so wie du spuckt keiner!«

»Und ganz ohne Gedöns«, sagte ich, »ich meine, das Schloss, es ernannte das Gespenst feierlich zum Schlossgespenst und –«

»Halt!« Konrad wurde zur weisesten der Eulen und legte den Flügel über den Schnabel, »das geht nicht. Ein richtiges Gespenst, fällt mir gerade ein, spukt mit k. Nicht mit ck! Da haben wir den Salat. Was nun?«

Schnuff wusste es auch nicht und sah immer von einem zum andern.

»Ist mir wurscht«, sagte ich, »ich als Schloss

seh das nicht so eng. Hauptsache, ich hab wieder ein Gespenst. Von mir aus kann es auch mit ck spuken.«

»Na schön«, sagte die weise Konradeule versöhnlich. »Und das Gespenst durfte bleiben und sich und den andern Anwesenden die Zeit mit Spucken vertreiben.«

»Was es heute noch tut«, sagte ich. »Und jeden Samstagmittag gibt's Apfelkuchen mit Schlagsahne. Fürs Schloss, fürs Schlossgespenst, für die Eulen und die Raben. Das war die Geschichte von dem spuckenden Schlossgespenst in dem uralten Schloss.«

Ich stellte den Apfelkuchen auf den Tisch und ein Schüsselchen Schlagsahne.

Konrad schüttelte den Kopf ob dieses unpoetischen Schlusses. »So muss das klingen: In dem uralten Schloss hinter Eichen, Buchen und Tannen, Ahörnern, Ebereschen, Erlen, mehreren dichten Fichten und uralten Linden versteckt, wo es keiner entdeckt. Dem Schloss mit dem uralten Turm, um den kreisen noch immer drei uralte Raben, drei uralte urschlaue Knaben, bei Mondschein, bei Nacht und bei Sturm: der Waldkrabb, der Mondkrabb, der Nachtkrabb.« Und dann sagte er zu Schnuff noch: »Aus die Maus!«

Bei Maus fing Schnuffs Magen an zu knurren, und er verlangte – nonverbal, wie immer –

mangels Maus dringend nach Schlagsahne, aber ohne Apfelkuchen. Was er auch kriegte. Für uns gab's Apfelkuchen – ohne Sahne. Dann zog es ihn hinaus ins Freie.

»Wieso kannst du auf einmal in Versen reden?«, fragte ich Konrad. »Mit mir sprichst du immer nur in schlichter Prosa, was tief blicken lässt.«

Das verdanke er Schnuff, meinte er. Wenn der ihm in die Augen schaue, verspüre er, ganz anders als bei mir, Fähigkeiten, von deren Vorhandensein er bisher nichts gewusst habe. »Wirklich ein ganz besonderer Kater, mein Schnuff. Ach, wenn er doch nur endlich den Mund aufbrächte! Da ist er ja schon wieder.«

Schnuff hockte auf dem äußeren Fensterbrett und begehrte Einlass. »Schnuff muss«, sagte Schlumpel von der Heizung her. Sie fungiert nämlich zwischen Schnuff und uns als eine Art Dolmetscherin, die offenbar immer weiß, was ihn gerade im Innersten bewegt. »Aber draußen friert sein Hintern. Hier ist's warm. Da muss Schnuff lieber.«

Bandscheibenvorfall

Über sechzig sein und keine Schmerzen haben«, sagte ich, »gilt als ungesund. Hab ich irgendwo gelesen. Sei also dankbar und zufrieden.«

»So ein Blödsinn.« Konrad rieb sich den Rücken, den unteren, wozu man Lendenwirbelsäule sagt, stöhnte und war kein bisschen dankbar.

Er war ja wirklich arm dran. Konnte nicht mehr gerade gehen und stehen. Hatte Schmerzen, große, übergroße Schmerzen. Liegen konnte er auch nicht mehr richtig.

»Bandscheibenvorfall«, sagte der Kernspintomograph, und die Ärztin sagte es auch und schickte ihn ins Krankenhaus. »Wie's aussieht, kommen Sie um eine Operation nicht herum.«

Und also ging, schlich, humpelte, wankte, mit mir als Stütze, Konrad ins Krankenhaus, wo er erst mal zwei Wochen herumlag, weil man es zunächst noch mit Schmerzmitteln probieren wollte. So hing er also am Tropf, der arme Tropf, und siechte dahin; die Medikamente machten ihn immer dümmer, er konnte nicht einmal mehr lesen, und die Ärzte sagten, jetzt müsse er unters Messer.

»Was riskier ich dabei?«, flüsterte Konrad, der es genau wissen wollte und schon einiges Unerfreuliche gehört hatte über Bandscheibenoperationen, die Ärzte fast nie an sich selbst machen lassen, weil auch sie einiges Unerfreuliche darüber wissen.

»Och«, sagte der nette junge Arzt, »höchstens den Tod. Mehr nicht.«

»Jetzt aber mal im Ernst«, sagte Konrad matt.

Und der Arzt wiederholte freundlich: »Wie ich gerade gesagt hab: den Tod.«

Wir fanden, das genüge. Konrad quälte sich in seine Kleider, ich ließ ein Taxi rufen, und unter freundlichem Winken und Mitnahme seines Bandscheibenvorfalls fuhren wir wieder heim.

Zu Hause lag Konrad zunächst mal auf dem Sofa und kommandierte uns herum, wie damals, als er sich das Schienbein gebrochen hatte, beklagte sein Schicksal und befragte seine Bandscheibe, warum sie sich so gemein benehme.

»Ich könnt's ihm sagen«, meinte Schlumpel.

»Sag's ihm!«, forderte ich sie auf.

»Na, so, wie er rumläuft –«

»Konrad läuft – soweit er das überhaupt kann, und im Augenblick kann er nicht – immer ordentlich angezogen herum. Wenigstens fast immer.«

Das meinte Schlumpel aber nicht. »Er läuft auf den Hinterpfoten. So was Blödes, auf den Hinterpfoten rumzulaufen. So was fällt auch nur solchen wie euch ein. Nie tät ich auf den Hinterpfoten rumlaufen.«

»Das kommt daher«, belehrte ich meine Katze, »dass wir den aufrechten Gang bevorzugen. So sind wir nun mal. In jeder Beziehung aufrecht.«

»Bescheuert«, sagte Schlumpel. »Mir rutscht nix raus, wenn ich rumrenn. Sag ihm, er soll's mal auf allen vieren probieren.«

»Schlumpel meint, du solltest es mal im Vierfüßlergang versuchen, lieber Konrad.«

»Ich bin kein Kater«, sagte Konrad verbiestert.

»Drum hättest du es auch mit der Bandscheibe, sagt Schlumpel. Probier's doch wenigstens mal!«

Das tat Konrad dann schließlich auch. Im Vierfüßlergang durchmaß er das Wohnzimmer, kroch unter den Tisch (»Da liegen ja Krümel, wer von euch dreien hat wieder …«), umrundete den Musiksessel (»Was soll die Nuss hier, ich hab dir doch gesagt, Schnuff …«), fiel dann platt und erschöpft vollends auf den Boden und richtete sich dann langsam wieder auf, guckte …

»Konrad guckt dumm«, sagte Schlumpel wohlgefällig.

Der Schmerz war weg. Wenigstens fast.

»Sag ich ja«, sagte Schlumpel. »So rutscht nix raus. Typisch Mensch, auf den Hinterpfoten rumzulaufen. Das kann ja nicht gut gehn. Selber schuld.«

Es ging immer besser.

»Üben, üben, üben!«, sagte die energische junge Krankengymnastin, die von Schlumpels Therapievorschlägen nichts wusste. Sie hatte Konrad ein paar ausgezeichnete Rückenübungen gezeigt und hielt ihn zum täglichen Üben an.

»Mit Energie und Ausdauer, wenn ich bitten darf.«

Und so geschah es denn auch. Konrad übte ausdauernd, energisch und mit neuer Hoffnung. Schlumpel guckte zu, ob er es auch richtig machte, und Schnuff übte begeistert mit. Manchmal hüpfte er Trampolin auf Konrads Bauch, wenn dieser in Rückenlage die Beine abwechselnd aus- und hochstreckte, manchmal thronte er auf seinem Rücken. Wenn Konrad jammerte, bandscheibenhalber, quietschte Schnuff erfreut, und dann machte Schlumpel einen vorbildlich eleganten Katzbuckel, um ihm zu demonstrieren, wie so was geht. Und Konrad tat es ihr nach, nicht so elegant und vorbildlich, aber immerhin. Buckelte, ließ den Bauch durchhängen, buckeln, durchhängen (»Hau ab, Schnuff, sonst zerquetsch ich dich!«) und buckeln (»Lass das, Schnuff, das kitzelt!«) und durchhängen (»Guck nicht so fies überlegen, Schlumpel, ich bin nun mal keine Katz!«) und buckeln und …

Konrad ließ sich auf den Boden fallen und war hin, wenigstens fast. Schnuff pflanzte sich wieder auf seinen Rücken und wollte seine Haare fressen, was ich nicht so gut fand, denn so viele hatte er nicht mehr. Aber ich liebe ihn auch mit oben weniger. Besser, ihm gehen die Haare aus als mir. Oder Schlumpel. Oder Schnuff.

Die Turnerei hatte Erfolg, allmählich konnte Konrad immer aufrechteren Ganges und ohne Gejammere mit mir durch den Schnee nach Unterweschnegg stapfen und nahezu gerade stehen. Dem netten jungen Arzt schickte er eine Karte: Habe vor, an den Olympischen Sommerspielen teilzunehmen, 80-Meter-Hürdenlauf. Und er empfahl ihm dringend die Lektüre der schönen und lehrreichen Geschichte von Johann Peter Hebel ›Der geheilte Patient‹, der die Beine unter den Arm nimmt und so lange läuft, bis er wieder heil und ganz und gerade ist. Empfahl ihm außerdem, seinen Patienten den ›Rheinischen Hausfreund‹, in dem die Geschichte steht, auf den Nachttisch zu legen.

»Das wird er nicht tun«, sagte ich, »sonst hauen ihm noch mehr ab und laufen sich gesund.«

Ein toller Hecht

Schlumpel hockte auf dem Fensterbrett und sah dem Schnee beim Schneien zu, Konrad saß, mit Schlumpels gnädiger Erlaubnis, auf dem Musiksessel und hörte Gesualdo zu, das heißt, er hörte, was Don Carlo Gesualdo, Fürst von Venosa, vor dreihundertfünfzig Jahren komponiert hatte, und ich las ein heiteres Buch. Doch konnte ich mich nicht recht auf die darin vorkommende Heiterkeit konzentrieren, weil Gesualdos Klagegesänge kein bisschen fröhlich waren. Was man ja auch verstehen kann, schließlich hatte er seine Frau erstochen und deren Liebhaber gleich mit dazu, und hinterher hatte ihm das Gewissen geschlagen. Aber das nützte seiner Frau nichts mehr.

»Da ist Schnuff«, sagte Schlumpel.

»Wo?«, fragte ich.

»Vor der Tür. Er hat was.«

»Ja, was hat er denn?«, fragte Konrad.

»O Jammer, o Graus!«, sang der Chor. Es klang erschütternd.

»Eine Maus«, sagte Schlumpel zu mir. »Und er will was.«

»Was will er denn?«

»O ewige Verdammnis!«, sang der Chor voll selbstquälerischer Leidenschaft. »O Höllenfeuer!«

»Er will«, sagte Schlumpel, »dass der ihm sagt, dass er ein ganz toller Schnuff ist.«

»Gesualdo?«, fragte ich verwirrt.

Schlumpels Pfote deutete auf Konrad. Manchmal spricht sie nämlich nur über mich mit ihm, vor allem, wenn er sie geärgert oder ihr nichts mitgebracht hat oder wenn sie die Musik nicht mag, die er gerade hört. Und Schlumpel hat wenig übrig für Gesualdos kühne Chromatik, Haydn ist ihr lieber.

»Ein schöner Gruß von Schlumpel«, richtete ich aus, »und –«

Konrad verdrehte die Augen – er verdreht sie reichlich oft – und verkündete, Gesualdo habe sein Weib, wie er, Konrad, es sehe, vermutlich weniger aus Eifersucht erstochen, sondern weil dieses Weib – wie ein gewisses anderes Weib – ständig mit der Grammatik auf Kriegsfuß stand. Was eindeutig ein mildernder Umstand gewesen sei. »Es heißt«, sagte Konrad streng, »nicht ›ein schöner Gruß‹, es heißt ›einen schönen Gruß‹.«

Konrad ist als Autor, Sprachpurist und Literaturkritiker dafür zuständig, dass wir unsere Sprache nicht allzu sehr verhunzen. Wir verhunzen nämlich dauernd und mit Lust, weil wir in Südbaden hocken, und die südbadische Sprache unterscheidet sich, wie ich finde, wohltuend von der deutschen Hochsprache. Davon mal abgesehen ist Konrad ein gebürtiger Schwabe und sagt – wobei es zur Abwechslung mir den Magen umdreht – »der Butter« und »das Teller«!

»Wir sind hier im Badischen«, sagte ich also, »und da gilt der ›Badische Akkusativ‹. Also: Ein schöner Gruß von Schlumpel, und du seist ja nur ein Sauschwob und sollst ihm endlich sagen, was er für ein toller Hecht ist.«

»Aber Schlumpel mag Gesualdo doch gar nicht«, sagte Konrad.

»Nix Hecht«, sagte Schlumpel. »Kater. Er hockt da und guckt.«

»Wie guckt er denn?«, fragte ich.

»Wie ein sehr armer Kater«, sagte Schlumpel. »Weil der da« – Blick zu Konrad – »zu faul ist und nicht aufstehen und ihm sagen will, dass er ein toller Kater ist.«

Der da stöhnte sich aus seinem Sessel hoch, begab sich zur Balkontür und sprach Schnuff durch die geschlossene Tür seine Hochachtung aus.

Schnuff maunzte und kratzte am Türrahmen.

»Der da soll die Tür aufmachen«, sagte Schlumpel, »und ihn dann fest loben, sonst hört er ja nix.«

Also öffnete Konrad die Tür, und Schnuff witschte, die Maus im Maul, herein, schmiss sie auf den Teppich, sprang aus dem Stand in die Höh, packte sie wieder, schmiss sie auf den Musiksessel, sprang ihr nach, rollte sich auf der Maus hin und her und rollte dann die Augen wie Konrad bei meinen falschen badischen Akkusativen.

»Er ist eine Kämpfernatur«, sagte Konrad stolz. »Das hat er von mir.«

»Ich hab noch nie gesehen, wie du eine Maus erwischt hast«, meinte ich.

»Du warst meine Maus«, sagte Konrad liebevoll. »Weißt du noch, wie –?«

»Jetzt frisst er den Kopf«, unterbrach Schlumpel.

»Ich weiß noch gut, wie ich dir hintendraufgefahren bin, ich meine, deinem Auto, und du hast dich dafür entschuldigt«, sagte ich. »Von Kämpfernatur keine Rede.«

»Jetzt pult er die Galle raus«, bemerkte Schlumpel wohlgefällig.

»O tiefe Not, o Verzweiflung!«

Das war wieder Gesualdo.

»Die ist nämlich bitter«, sagte Schlumpel.

»O Höllenpein!«, klagte Gesualdo weiter, er klagte so bitterlich wie, so Schlumpel, die Galle einer Maus schmeckt, was ich aber nicht bestätigen kann, weil ich keine Mausgalle – oder heißt es Mäusegalle, lieber Konrad? – zu essen pflege.

»Den Schwanz mag er auch nicht«, sagte Schlumpel. »Der schmeckt nämlich so –«

»Wie schmeckt Mäuse- oder Mausschwanz?«

»Lang«, sagte Schlumpel. »Und dünn. Schwanzig halt. Ich mag den auch nicht.«

Konrad war ganz stolz. »Mein Schnuff! So jung und schon eine Maus. Wirklich ein toller Hecht. Räumst du das hier weg?«

Er zeigte mit spitzem Finger auf die Überreste der Maus, die den Musiksessel zierten. Der tolle Hecht saß auf dem hölzernen Balken überm Kamin und putzte sich ausgiebig.

»Ist es dein Schnuff oder meiner?«, fragte ich. »Die Blutflecken kriegst du mit Gallseife raus, die steht ganz vorne im Putzschrank.«

»Aber du weißt doch, ich kann kein Blut sehen. Du bist da viel unsensibler.« Konrad guckte mich so gottsjämmerlich an, dass ich weich wurde und selbst Gallseife auf den Blutfleck schmierte. Das müsse man dann rauswaschen, und dann sollte es weg sein. Oder auch nicht. »Das hätt ich nicht gedacht«, sagte ich, »dass er schon eine Maus –«

»Hat er ja gar nicht«, sagte Schlumpel. »Die hab ich ihm hingelegt.«

»Wie großzügig von dir, Schlumpel.«

»Es war eine Spitzmaus«, sagte Schlumpel. »Die mag ich sowieso nicht. Aber zum Rumschmeißen ist so eine Spitzmaus ganz gut. Und der Fleck auf dem Sessel riecht auch fein.«

»Das sieht und riecht Konrad aber anders.«

»Dann hockt er nicht so oft drauf.« Schlumpel rollte die Vorderpfoten ein und machte Müffchen. Auf Konrads Musiksessel, der auch ihr Fläzsessel ist und um den beide sich ständig kabbeln. Aber Schlumpel ist meistens schneller, weil sie es nicht, wie Konrad immer mal wieder, im Kreuz hat.

Ganz ist der Fleck zwar nicht verschwunden, doch das stört uns nicht, Lady Macbeth hat ihren Mordflecken auch nicht weggekriegt von den Händen. Aber wir denken nicht daran, deshalb nachts durchs Haus zu schleichen und dabei wie sie »O dieser Flecken kommt immer wieder!« zu singen. Wer mit Katzen sein Heim teilt, darf, wie schon gesagt, kein Sauberkeitsfanatiker sein. Und wie das mit den Blutflecken auf Gesualdos ehebrecherisch entweihtem Lotterbett gewesen ist, davon steht nichts in Konrads siebzehnbändigem Musiklexikon und auch nicht in Glenn Watkins' Gesualdo-Biographie, über die sich Konrad so geärgert hat, weil er sie teuer bezahlte und kurze Zeit später, als sie verramscht wurde, spottbillig hätte haben können.

Schach dem Kater!

Konrad und Schnuff spielten Schach. Das ist eine ihrer gemeinsamen Lieblingsbeschäftigungen, und eine meiner Lieblingsbeschäftigungen ist es, ihnen dabei zuzugucken, was man auch kiebitzen nennt.

Konrad saß, wie es sich für einen Menschen gehört, auf einem Stuhl, Schnuff, wie es sich für einen Kater gehört, auf dem Tisch vor dem großen Schachbrett, das Konrad selbst gemacht hat. Die Felder sind grün und weiß, außen rum schön verteilt Kakaoflecke; denn wenn Konrad am Verlieren ist, verlangt er nach Kakao mit einem Schuss Kirsch drin, und dann gewinnt er manchmal sogar noch. Konrad ist natürlich nur dann am Verlieren, wenn er sich nicht konzentrieren kann, weil er an was anderes denken muss, etwa an die ihn nicht begeisternde, leicht verkitschte Art, wie ein berühmter Cellist die sechste Cellosuite von Johann Sebastian Bach spielt oder an eines berühmten Dichters falsche Konjunktive oder an sonst was Haarsträubendes.

Konrad nahm in eine Hand einen weißen Bauern, in die andere einen schwarzen, versteckte die Hände hinterm Rücken, hielt sie dann Schnuff hin und sagte: »Du darfst wählen.«

Schnuff beroch Konrads linke Hand.

»Er will mit Schwarz spielen«, sagte Konrad zu mir.

»Konrad hat mit seiner linken Vorderpfote vorhin den Fisch in den Kühlschrank gelegt«, sagte Schlumpel vom Musiksessel her. »Drum!«

Dann begann das Spiel. Konrad zog zuerst. »Ich spiele«, sagte er, »die berühmte Oberweschnegger Eröffnung, dank der einst Kasparow gegen Karpow gewonnen hat.«

Schnuff öffnete auch, und zwar das Mäulchen, und hängte seine Zunge heraus, was sehr hübsch aussah. Viel hübscher, als wenn Konrad seine Zunge – aber nein, das ist albern.

Konrad zog nun für Schnuff, der sich aber weniger für den Zug als für sein schwarzes Pferdchen interessierte. Dann zog Konrad wieder für sich, dann war abermals Schnuff dran.

Der hob die Pfote und schubste einen Bauern ins Feld. Konrad tat desgleichen.

Schnuff tippte ganz zart auf die Dame.

»Tät ich nicht«, sagte Konrad und wiegte den klugen Kopf.

Schnuff tippte weniger zart auf die Dame.

»Gut, aber ich hab dich gewarnt«, sagte Konrad und machte mit Schnuffs Dame einen Zug. Dann brachte er seinen Läufer ins Spiel.

Schnuff pfotete Konrads Läufer kühn vom Schachbrett. Der Läufer fiel um, rollte auf den Boden und schimpfte vor sich hin.

Konrad sprach Schnuff eine Verwarnung aus. Schnuff freute sich über die Verwarnung, die er für ein Kompliment hielt, so sehr, dass er nun Konrads Pferdchen einen ganz kleinen Stups gab, worauf es vor Schreck einen falschen Rösselsprung machte. Was Konrad zum Anlass nahm, Schnuff zum x-ten Mal ganz langsam und geduldig den Rösselsprung zu erklären.

»Er soll nicht herumschwätzen«, sagte Schlumpel, »er soll es ihm richtig vormachen. Er kann ja wieder.«

Konrad erhob sich und machte uns dreien den Rösselsprung vor: »Zwei schräg, eins grad. Oder: eins grad, zwei schräg. Vorwärts oder rückwärts. Was soll das, Schnuff?«

Der war vom Tisch gesprungen, hatte Konrads Schuhbändel gepackt und ließ ihn nicht los.

»Au!«, brüllte Konrad, was Schlumpel blöd fand.

»Konrad brüllt immer gleich«, sagte sie mit verächtlichem Unterton.

»Mein lieber Stoffele hat auch immer gleich

gebrüllt«, sagte ich, und Schlumpel: »So sind die halt, die Kater. Immer gleich lostrompeten.«

Inzwischen hatte Schnuff Konrads Schuh erobert, schnüffelte an ihm herum und bekundete kein Interesse mehr am Fortgang des Spiels.

Konrad räumte die Figuren ins Kästchen. »Da fehlt einer. Der schwarze König ist weg.« Er blickte uns der Reihe nach an und sagte, wie in der ›Feuerzangenbowle‹: »Wer ist das gewesen?« Was nicht ganz richtig zitiert ist, denn dort fragt der Professor: »Wär est das gewäsen?« Was Konrad aber nie so rausbrächte.

»Vielleicht hat er mal gemusst«, sagte Schlumpel. »Ist das, was er muss, schwarz?«

»Schwarze Könige müssen nicht«, sagte Konrad.

»Und weiße?«, fragte Schlumpel. »Müssen die weißen?«

»Auch weiße Könige müssen nicht.«

»Warum nicht?«

»Weil sie aus Holz sind. Wär ja noch schöner, wenn alle naslang einer von den Kerlen mal raus müsste.«

»Aufs Kistchen«, sagte Schlumpel. »Tät er auch scharren, der König, wenn er müssen müsst?«

»Wie ich schon sagte«, beharrte Konrad,

»müssen schwarze und weiße Könige nicht, weshalb sie auch nicht scharren müssen.«

»Und rote Könige oder gelbe oder grüne?«

»Die gibt es nicht beim Schachspiel.«

»Wenn es sie aber geben tät«, sagte Schlumpel, »täten sie dann müssen und täten sie dann scharren?«

Konrad, dem die vielen »tun« und »täten« und »müssen« auf die sprachempfindlichen Nerven gingen, blickte zum Himmel und sagte: »O Gott!«

»Nützt nix«, sagte ich, »von dort oben kommt dir keine Hilfe. Du bist aus der Kirche ausgetreten, mein Lieber.«

Konrad erklärte, das Nachobengucken sei nur eine, wie er zugebe, dumme Angewohnheit.

»Tun Götter müssen?«, fragte Schlumpel.

»Kommt nicht in Frage«, sagte Konrad.

»Fragen die vorher, ob sie müssen dürfen?«

»Götter müssen nicht«, sagte Konrad entschieden.

»Warum nicht?«

»Weil es keine Götter gibt.«

»Warum gibt es die nicht, wo es doch so viel Zeugs gibt?«

»Wir brauchen keine. Wir können alles selber«, erklärte Konrad.

»Mach mal Müffchen«, sagte Schlumpel.

»Zwar kann er viel, doch Müffchen kann er nicht«, sagte ich.

»Ich kann aber«, sagte Schlumpel. »Und Schnuff kann's auch schon. Guck mal!«

Schnuff lag mit umgeknickten Pfoten wieder mal im Bücherregal zwischen Hölderlin und E. T. A. Hoffmann, der es mag, wenn Schnuff ihm Gesellschaft leistet. Vermutlich schnurren die beiden miteinander.

»Schnuff«, sagte Konrad streng, »was machst du da oben?«

Aber Schnuff wollte noch höher hinaus, streckte die Pfote aus und tatzelte nach der Spitze des letztjährigen Christbaums, die Konrad an der Decke festgenagelt hatte. Wir verfügen inzwischen über drei solch dürrer kleiner Besen, und unsere Gäste fragen jedes Mal, was das denn solle. Dann sagt Konrad immer, das sei »Kunst im Bau«, und unser Wohnzimmer werde nächstes Jahr auf der Documenta zu bewundern sein.

»Das geht nicht«, sagte Konrad, stieg auf den Tisch, griff nach Schnuff. Der hielt das für ein lustiges neues Spiel, hob die Pfote –

»Gleich brüllt er wieder«, sagte Schlumpel voller Vorfreude.

»Au!«, brüllte Konrad.

»Hast du ihn brüllen gehört?«, sagte Schlumpel zu mir.

»Wenn schon, dann: Hast du ihn brüllen hören, zum Donnerwetter!«, brüllte Konrad.

Schnuff quietschte vor Vergnügen. Dann quietschte er, weil Konrad ihn gepackt hatte. Er entwand sich Konrads Griff, sauste durchs Zimmer und verschwand unter der Truhe.

»Da ist Stoffele auch oft gehockt«, sagte ich. »Besonders, wenn's gedonnerwettert hat.«

Konrad legte sich auf den Bauch und versuchte, Schnuff hervorzulocken.

»Mit Salami könnt's gehen«, schlug Schlumpel vor. »Dann kommt er. Oder auch nicht.«

Also holte Konrad eine Salamischeibe und machte weitere Lockversuche.

»Eine langt nicht«, sagte Schlumpel. »Bei einer tät ich erst gar keine Pfote rühren.«

Konrad versuchte es mit zweien. Schnuff gab keinen Muckser von sich. Dann musste Konrad aufs Klo, und ich musste zum Telefon. Es war aber niemand Richtiges, sondern ein Sichverwählthabender, der den katholischen Kindergarten sprechen wollte. Ich sagte, ich sei zwar katholisch, aber nicht der Kindergarten. »Warum nicht?«, fragte er, und da mir keine passende Begründung dafür einfiel, legte ich auf.

Als ich zurückkam, schleckte Schlumpel sich die Schnauze. Schnuff hockte auf dem Schachbrett, die Salami war weg, dafür war Konrad wieder da, der aber keine zweite Partie mehr spielen wollte, weil das für seinen Rücken zu anstrengend sei. Dann fragte Schlumpel Konrad, ob er auch fest gescharrt habe, was Konrad empört verneinte.

»Schnuff scharrt immer«, sagte Schlumpel. »Weil ich es ihm gelernt hab.«

»Weil ich es ihn gelehrt hab«, brüllte Konrad.

»Nein, ich«, sagte Schlumpel. Und zu mir sagte sie: »Wo der« – unehrerbietiger Blick zu Konrad – »doch nicht mal scharren kann.«

Von Engeln und Kringeln

Weihnachten war da, und die Engel waren verschwunden.

»Wo sind die Engel?«, fragte Konrad.

»Weg«, sagte ich.

»Was heißt ›weg‹?«

»Weg heißt weg.«

»Aber gestern waren sie noch da«, sagte Konrad.

»Vielleicht sind sie fortgeflogen«, sagte Schlumpel.

»Aber warum bloß?«, fragte Konrad.

»Weil sie Flügel haben«, belehrte ihn Schlumpel.

»Diese Engel«, sagte Konrad, »sind Weihnachtsengel. Sie haben Dienst an der Krippe. Sie haben sich nicht sonst wo rumzutreiben. Wo also sind die Engel?«

Die Engel waren und blieben weg. Unentschuldigt.

»Vielleicht sind sie beleidigt«, sagte Schlumpel.

»Beleidigt? Aber warum denn?«

»Weil Konrad immer Sachen über sie sagt.«

»Was für Sachen?«, fragte ich.

»Dass es sie nicht geben tät.«

»Es gibt sie auch nicht«, sagte Konrad.

»Jetzt nicht mehr«, sagte Schlumpel. »Weil sie weg sind. Wegen Beleidigung. Wenn einer mir immer sagen tät, es gibt mich nicht, tät ich auch abhauen. Oder ihm eine fetzen, dann weiß er, dass es mich gibt.«

»Das meint Konrad nicht so«, sagte ich. »Wenn Konrad sagt, es gebe keine Engel, meint er nicht unsere Krippenengel, er meint, es gebe keine Engel als solche.«

»Was sind ›Alssolcheengel‹?«, fragte Schlumpel.

»Das sind die Vorbilder unserer weggen Engel.«

»Hat er schon mal einen ›Alssolchenengel‹ gesehen?«

»Nein!«, sagte Konrad genervt. »Weil es keine gibt.«

»Hat er schon mal einen von den weggen Engeln gesehen?«, fragte Schlumpel.

»Klar«, sagte Konrad. »Weil ich sie höchstpersönlich an der Krippe aufgestellt hab. Weil die da« – er zeigte auf mich – »erklärt hat, ohne Engel kein Weihnachten. Und ohne Weihnachten keine Linzertorte. Und keine Springerle.

Und keine Himbeerschnitten. In der Not frisst der Teufel auch Engel.«

»Mit ›Teufel‹«, erklärte ich, »meint Konrad sich selber. Er hätte sagen müssen: In der Not frisst Konrad auch Engel.«

»Wie schmecken Engel?«, fragte Schlumpel.

»Ich pflege keine Engel zu fressen«, sagte Konrad. »Das war nur eine Redewendung.«

»Gibt's die auch in Dosen?«, fragte Schlumpel und schleckte sich die Schnauze. »›Engel sehr fein, in zarten Häppchen‹.«

»Es gibt keine Dosenengel«, sagte ich. »Aus lauter Angst, weder eine Linzertorte noch Springerle noch Himbeerschnitten zu kriegen, schließt unser Konrad sogar einen Waffenstillstand mit den Engeln und baut sie um die Krippe herum auf.«

»Mit viel Geschmack«, sagte Konrad. »Wie ein Choreograph. Vor meiner Zeit hat sie« – er deutete abermals auf mich – »den Verkündigungsengel neben den Baum gestellt, wo er nicht hinpasst. Ich hab ihn zwischen die Schafe platziert, da kommt er ganz groß raus.«

Schlumpel rollte sich vor der Krippe zusammen.

»Engel«, sagte Konrad, ohne Ruhe zu geben, »sind nur ausgedacht. Und sonst gar nix.«

»Von Konrad?«, fragte Schlumpel mich.

»Ich würde mir nie im Leben Engel ausdenken«, sagte Konrad empört. »Da weiß ich mir Besseres.«

»Weil er zu blöd dazu ist«, sagte Schlumpel. »Viel zu blöd für Engel. Und jetzt sind sie weg. Wegen Beleidigung. Recht haben sie, die Engel.«

»Sei doch froh«, sagte ich zu Konrad, »dann musst du dich nicht über sie ärgern.«

»Ich ärgere mich prinzipiell nicht über Engel«, sagte Konrad mit der sanften Stimme, die er immer kriegt, wenn er kurz vor der Explosion steht. »Ich mag es nur nicht, wenn sie einfach abhauen. Blödes Volk, das! Monsieur Sempé ist ganz meiner Meinung.«

Er holte das große Buch mit den Zeichnungen Sempés, eines von uns geliebten Künstlers, aus dem Regal, blätterte darin herum und schlug eine Seite auf. »Hier«, sagte er triumphierend.

Auf dem Bild kriegte das himmlische Geflügel sich richtig in die Federn. Über dem Dach eines Hauses gerieten zwei enorme Engel wüst aneinander, weil, so Konrad, jeder behauptete, nicht er, sondern der andere habe Nachtdienst als Schutzengel – eine Erkenntnis, von der ich nicht weiß, woher er sie hat. Jedenfalls rupften sie sich, dass die Federn flogen wie bei einer Kissenschlacht. Durch ein Fenster sah man den empörten Hausbesitzer, wie er gerade die Polizei anrief, wegen nächtlicher Ruhestörung.

»So ein Engel«, sagte Konrad, »kann ein richtiger Saubär sein.«

Schlumpel schleckte sich die Pfote, und mit der abgeschleckten Pfote strich sie sich übers linke Ohr.

»Sie weiß was«, sagte Konrad und deutete auf meine Katze.

»Weißt du was, Schlumpel? Weißt du, wo die Engel sind, wo sind sie geblieben?«

Schlumpel wusch sich das rechte Ohr.

»Elendes Luder!«, sagte Konrad grimmig. »Ich kenn den Blick!«

Ich verbat mir in Schlumpels und in meinem Namen das Luder. Schlumpel erhob sich und schritt an Konrad vorbei, ohne ihn eines Blickes zu würdigen, in die Küche.

»Sie war's bestimmt nicht«, sagte ich.

»Wer dann?«, fragte Konrad.

»Vielleicht hat der Teufel die Engel geholt.«

»Den gibt's ebenso wenig, verdammt noch mal!«

»Ja, dann weiß ich auch nicht weiter.«

Wir verbrachten drei engellose Festtage. Konrad grummelte, Schlumpel döste auf der Heizung, nur Schnuff freute sich seines jungen Lebens, hockte unterm Christbaum, pfotete die Kugeln herunter und fraß den letzten Fondantkringel. Das hätte er nicht tun sollen. Denn

Konrad ist scharf auf Fondantkringel und behängt den Baum stets reichlich damit. Ich schlage ihm immer vor, den Baum nicht damit vollzuhängen, aus ästhetischen Gründen, er könne die Kringel ja aus einer Büchse – aber Konrad will seine Kringel vom Baum holen, und zwar heimlich, ich darf nicht hingucken, und morgens muss ich sagen: »Wer hat denn heut Nacht wieder einen Kringel ...?«

Dann ist Konrad ein glückliches Kind.

Jetzt aber nicht. »Das war mein Kringel, Schnuff!«

Der sah das aber nicht so.

»Kringel«, erklärte Konrad, »sind nichts für kleine Kater, vor allem, wenn die nicht reden wollen. Kringel bestehen aus Zucker und Fett – vermutlich gehärtetem Fett –, aus künstlichem Farbstoff und künstlichem Aroma. Von so was lässt man die Pfoten.«

Schnuff hob die Pfote, äugte nach einem weiteren künstlich gehärteten Kringel, aber der Baum gab nichts mehr her, nackig und kringellos stand er in der Ecke und wirkte beschämt.

»Für große Kater sind sie auch nichts«, sagte ich. »Du hast leicht angesetzt, und zwei falsche Zähne hast du auch.«

»Der Unterschied ist«, erklärte Konrad, »dass ich weiß, wie schädlich das Zeug ist.

Schnuff weiß es nicht. Darin liegt die Gefahr. Wer die Gefahr kennt, kann ihr ins Auge schauen.«

»Und wenn er ihr ins Auge geschaut hat?«, fragte ich.

»Dann darf er den Kringel essen«, sagte Konrad.

Schnuff verschwand hinter dem Tannenzweig, unter dem die Heiligendreikönige warten, bis sie drankommen, kruschtelte noch ein bisschen herum, brachte den Baum zum Zittern, und dann war Ruh.

Auch die Schafe verschwanden, eins nach dem anderen. Das störte sehr unseren sowieso angeknacksten weihnachtlichen Frieden.

»Vielleicht hat er auch die Schafe beleidigt«, vermutete Schlumpel. »Neulich hat er gesagt, die gucken blöd.«

»Schafe gucken immer blöd«, sagte Konrad. »Das liegt in ihrer Natur. Kein Grund, sich einfach davonzumachen.«

»Vielleicht«, sagte Schlumpel, »haben die Engel sie geholt.«

»Warum?«, fragte Konrad.

»Vielleicht hocken sie irgendwo und spielen ›Engel ärger dich nicht‹. Oder ›Schaf ärger dich nicht‹. Oder ›Konrad ärger dich‹!«

»Ärger dich nicht, Konrad«, sagte ich.

»Ich will mich aber ärgern«, sagte Konrad. »Ihr werdet schon sehen, morgen ist bestimmt auch der Christbaum weg.«

Der Christbaum wenigstens blieb standhaft stehen. Aber ohne Engel und ohne Schafe war er arm dran, wirkte irgendwie trostlos.

»Schlumpel«, sagte ich, »weißt du's?«

Schlumpel guckte zum Fenster hinaus in den Schnee.

»Schlumpel, warst du's?«

Schlumpel drückte die Nase an der Scheibe platt und sagte, da draußen laufe Seppi herum. Durch ihren Schnee. Der solle gefälligst durch seinen eigenen Schnee –

»Ich wüsst gern, wo diese vermaledeiten Engel und die Schafe geblieben sind.«

»Guck mal im Körbchen«, sagte sie.

Ich guckte in ihrem Körbchen, aber da war nichts.

»Guck in Schnuff seinem Körbchen.«

Ich guckte in Schnuffs Körbchen und wurde fündig. »Dieser kleine Saubär! Siebzehn Engel, neun Schafe. Ein paar von den Engeln haben keine Flügel mehr, drei Schafe sind ohrlos.«

Schlumpel machte Müffchen.

»Warum hat er das getan?«

»Schnuff mag Engel. Schafe mag er auch.«

»Aber drum muss er sie doch nicht fortschleppen.«

»Dann ärgert sich Konrad aber nicht.«

»Du willst damit sagen, dass Schnuff die Engel und die Schafe fortgeschleppt hat, um Konrad zu ärgern?«

»Er findet es lustig, wenn Konrad sich die Haare rauft und die Augen verrollt«, sagte Schlumpel und verlangte, sofort hinausgelassen zu werden, damit sie Seppi in aller Freundlichkeit die Eigentumsverhältnisse erklären könne, was den Schnee angehe.

»Sie haben es sich überlegt«, sagte ich zu Konrad, der die Wiedergekehrten nachzählte und fand, sie sähen reichlich ramponiert aus. »Wer weiß, wo die sich rumgetrieben haben.«

»An Weihnachten sind die Engel los«, sagte ich, »da geschehen nun mal Zeichen und Wunder. Aber dir zuliebe sind sie zurückgekommen, vielleicht auf deine Bekehrung hoffend.«

Da könnten sie lang hoffen, erklärte Konrad, klebte den Schafen die abgegangenen Ohren und den Engeln die lädierten Flügel wieder an. Ein Engel muss fortan einflügelig durch's Leben gehen, richtiger gesagt, fliegen, da sein zweiter Flügel unauffindbar blieb. Aber das stört uns gar nicht, unser Freund Joachim Storck – der ist kein Engel, sondern nur ein Rilke-Fachmann und weiß mehr über Rilke, als der über sich selbst – hat auch nicht alle seine Sachen beieinander. Doch ist ihm kein Flügel abhandengekommen, sondern im Krieg ein Bein. Und manchmal frage ich mich, was schlimmer ist: ein Bein zu verlieren oder seinen Flügel.

Zum neuen Jahr

Noch zehn Minuten.

Konrad füllte die Gläser. Schlumpel hängte wieder mal dekorativ die Vorderpfoten durch den Lattenrost über der Heizung und gähnte.

»Man gähnt nicht, wenn das neue Jahr vor der Tür steht«, sagte Konrad. »Man erwartet es mit Haltung und Respekt.«

»Warum?«, fragte Schlumpel.

»Weil es ihm, als neuem Jahr, zusteht.«

»Wo steht es?«, fragte Schlumpel.

»Vor der Tür. Sozusagen.«

Schlumpel sprang von der Heizung, begab sich zur immer etwas offen stehenden Tür hinaus und war schnell wieder da. »Da steht nix.« Sie begab sich wieder auf die Heizung. »Warum steht dem neuen Jahr Haltung und Respekt zu, wo es gar nicht vor der Tür ist?«

»Sagen wir mal so: Es ist klug, sich gut mit ihm zu stellen.«

»Warum?«, fragte Schlumpel.

»Damit es sich freut und einen anständig behandelt.«

Draußen zischte und krachte und böllerte es gewaltig.

»Mag es Krach?«, fragte Schlumpel.

»Das neue Jahr wohl nicht. Aber die Leute.«

»Vielleicht kommt es gar nicht«, sagte Schlumpel. »Bei dem Krach tät ich nicht kommen.«

»Ich auch nicht«, sagte Konrad.

»Du bist aber da«, sagte Schlumpel. »Du hockst auf meinem Sessel.«

»Ich wollte sagen, als neues Jahr käme ich nicht bei dem Krach. Als Konrad bin ich natürlich gekommen.«

»Warum?«, fragte Schlumpel nicht ohne Impertinenz.

»Aber Schlumpel!«, sagte ich.

»Um mit euch – also mit ihr (liebevoller Blick in meine Richtung), mit dir und mit Schnuff das neue Jahr zu begrüßen.« Es klang leicht gekränkt.

»Auf meinem Sessel«, sagte Schlumpel.

»Da hock ich nur«, sagte Konrad, »weil ich meine Vorderpfoten nicht wie du die deinen durch die Latten auf die Heizung hängen kann.« Konrad hat nämlich durchaus Humor. »Wo steckt übrigens Schnuff? Wir müssen ihn reinholen, bei dem Geböllere dreht der doch durch, dann rast er durch den Garten und rennt gegen einen Baum oder stürzt in ein Loch oder –«

»Beim Igel«, sagte Schlumpel und gähnte Konrad an.

»Wir haben keinen Igel«, sagte ich. »Und schon gar nicht im Winter.«

»Bei dem tiefen Loch in der Mauer neben der Haustür, wo der Igel drin ist und pennt.«

»Und was macht Schnuff dort?«

»Schnuff schnuffelt.«

»Ich hol ihn«, sagte Konrad. »Ein Igel hat das in unserer Verfassung leider noch nicht verbriefte Recht auf einen ungestörten Winterschlaf.«

Nach drei Minuten war er wieder da, einen herumzappelnden Schnuff im Arm, der lieber den winterschlafenden Igel als Konrad beschnuffelt hätte, weil ein Igel halt interessanter riecht als so ein Mensch. Konrad machte seinem Kater liebevoll klar, es sei besser, drinnen bei uns zu sein, denn gleich käme es.

Schnuff sah ihn fragend an.

»Das neue Jahr«, sagte Konrad und erklärte, es komme zu uns allen, ganz besonders aber zu ihm, Schnuff.

Schnuff guckte immer noch fragend, in seinem jungen Katerleben hatte er noch kein neues Jahr zu Gesicht bekommen.

»Woher weißt du das?«, fragte Schlumpel.

»Von ihm selber. Ich hab dem neuen Jahr einen Brief geschrieben und ihm mitgeteilt, dass Schnuff jetzt bei uns wohnt.«

»Und den Brief?«, fragte Schlumpel.

»Briefe ans neue Jahr legt man ins Vogelhäusle, ein Vogel nimmt ihn in den Schnabel und fliegt mit ihm dorthin, wo das neue Jahr wartet, bis es dran ist.«

»Ich hab jeden Tag geguckt«, sagte Schlumpel. »Nix drin im Vogelhäusle. Nur so Vögel.«

»Weil er schon weg war, der Brief«, sagte Konrad. »Mit Eilpost, sozusagen. Dann hat das neue Jahr auch einen Brief geschrieben, der Vogel hat ihn zurückgebracht und auch ins Vogelhäusle gelegt, bevor du nachgucken konntest, wobei ich mich frage, wie du überhaupt ins Vogelhäusle hineinkommst, wo ich es doch auf eine ziemlich hohe Stange ...«

Schlumpel zog die Schnauzwinkel hoch, was ihr einen amüsierten Gesichtsausdruck verlieh.

»Es freut sich ungemein auf Schnuff, hat das neue Jahr geschrieben.«

Schnuff freute sich auch. Mit dem Schwanz.

»Schnuff will wissen, ob das neue Jahr auch was mitbringt«, sagte Schlumpel.

»Es bringt ganz viele Tage mit. Genau dreihundertfünfundsechzig.«

»Schnuff meint, die sind für ihn.«

»Die sind für uns alle.«

»Schnuff will aber die Tage allein haben.«

Schnuff fauchte ein bisschen, um seinem Wunsch Nachdruck zu verleihen.

»Wenn er es uns selber sagt«, versprach Konrad schlau, »dann kriegt er sie. Alle dreihundertfünfundsechzig Tage.«

»Der sagt nix«, sagte Schlumpel.

»Vielleicht sagt er doch was. Irgendwann.«

»Nix sagt der. Gar nix.«

»Dein Kater scheint mir ein kleiner Egoist zu sein, lieber Konrad. Einfach die kommenden dreihundertfünfundsechzig Tage für sich allein beanspruchen! Und wir können in den Mond gucken.«

»Schnuff«, sagte Konrad, »du bist doch ein lieber Kater.«

Schnuff guckte abwartend, ob noch was kommen würde, und legte sich, was das Liebsein anging, nicht fest. Vor allem nicht verbal.

»Ein lieber Kater denkt nicht nur an sich, sondern auch an die andern.«

Schnuff guckte ungläubig und skeptisch zugleich.

»Dreihundertfünfundsechzig Tage sind viel zu viel für dich. Bis du die alle geschafft hast, bist du ein Jahr älter.«

»Konrad auch«, sagte Schlumpel freundlich von der Heizung her. »Dann sind noch mehr

Haare weg. Dann glänzt er oben. Wie der Mond.«

»Schlumpel!«, sagte ich. »Benimm dich!«

»Und du hast dir ein paar Pfund mehr angefressen«, sagte Konrad liebenswürdig.

»Benimm dich, Konrad!«

Der nächste Böller. Und noch einer. Und wieder einer, immer schneller, immer lauter folgten sie aufeinander. Wir standen am Fenster und guckten hinaus. Der Himmel war knallbunt. Dann läuteten die Glocken der kleinen Kirche in Tiefenhäusern, und dann war es da, das neue Jahr. Und ich dachte an jenes lärmempfindliche neue Jahr, das erst zu uns kommen wollte, nachdem mein Stoffele im ganzen Ort für Ruhe gesorgt hatte.

Wir fielen uns um den Hals und wünschten uns viel Glück. Das heißt, ich drückte Schlumpel an mich, die innig irgendwas von dreihundertfünfundsechzig Fleischkügelchen schnurrte, dann drückte Konrad mich an sich, samt Schlumpel, die das nicht mochte und heftig strampelte, und dann wollte er Schnuff an sich drücken, aber –

»Wo ist Schnuff?«

Schnuff war weg. Wir guckten nach unterm Schrank, unter der Truhe, unterm Sofa, hinterm Christbaum – kein Schnuff, nirgends. Wir machten eine Hausdurchsuchung, die manches verloren Geglaubte zutage brachte und einiges, das ich vergessen hatte, zum Sperrmüll zu bringen, aber keinen Schnuff. Auch eine Anfrage an Schlumpel, die, als sozusagen letzte Instanz, fast immer wusste, was, wie, wann, wer und wo, ergab nichts. Weshalb wir leicht beunruhigt und in der Hoffnung, Schnuff sei zur Haustür hinausgewitscht, habe sich irgendwo verkrochen und sei in Sicherheit, »ins Körbchen« gingen. Jeder in das seine.

»Da raschelt was!« Konrad stand in der Tür. »Aber ich komm nicht dahinter, was da raschelt. Wahrscheinlich eine Maus. Ich teile mein Schlafzimmer grundsätzlich nicht mit einer Maus. Tu was!«

Und so begaben wir uns auf die Suche nach dem, was in Konrads Schlafzimmer raschelte und kraschelte. Schlumpel, als Fachfrau für Mäuse, voran.

»Nix Maus«, verkündete Schlumpel schließlich, nachdem sie alle Ecken inspiziert hatte, warf Konrad einen verächtlichen Blick zu, marschierte zurück in ihr Körbchen und ließ uns stehen. So gingen wir wieder ins Bett, Konrad, der so empfindlich ist wie die Prinzessin auf der Erbse, aber nicht wegen der Erbsen, sondern wegen des Krachs, legte sich in meins, ich mich in seins.

Seltsame Geräusche drangen durch meinen Traum. Ein Rumpeln und Pumpeln, ein Rascheln und Krascheln, wie Konrad es beschrieben hatte. Ich wachte schleunigst auf, doch das Gerumpel und Gepumpel verstummte nicht. Im Gegenteil, es wurde lauter, stärker, dringlicher, rumpeliger und pumpeliger. Und es war genau unter meinem Kopf. Unter meinem Kopf lag das Kopfkissen, und unter dem Kopfkissen der Lattenrost, den konnte man verstellen, wenn man noch im Bett lesen wollte, was Konrad gerne tut, weil ihm da keiner dazwischenschwätzt wie ich, oder, wie Schlumpel, respektlose Sachen sagt. Und dann fiel mir ein, dass ich als Kind süchtig war nach Gruselgeschichten, die ich mir hart erkämpfen musste, weil die fromme Schwester in der katholischen Borromäus-Bücherei sie mir nur mit äußerstem Widerstreben und nach telefonischer Anfrage bei meinen Eltern auslieh. Und weil ich ja nach der gruseligen Lektüre nicht wissen konnte, wer oder was da womöglich unterm Bett auf der Lauer lag, nachzugucken traute ich mich nicht, wickelte ich meine langen Zöpfe um den Kopf, um den unterm Bett Lauernden nicht auf die Idee zu bringen, er könne an ihnen ziehen. Nun sind die Zöpfe längst abgeschnitten, aber Gruselgeschichten lese ich immer noch gern, zwar nicht mehr den ›Knochenmann im Jungfernturm‹ oder ›Das Gespenst im Kohlenkeller‹, sondern eher Edgar Allan Poe oder Ambrose Bierce, und in denen lauert das Gruselige nicht im Bettkasten, sondern subtiler, tief drin in uns.

Doch in diesem Fall war ich mir ganz sicher: Aus meinem Innern kamen diese Geräusche nicht. Weshalb ich aus dem Bett stieg und den oberen Teil des Lattenrostes in die Höhe zog. Nichts. Eine akustische Täuschung, sagte ich mir, verursacht durch den Kartoffelsalat, der dir vielleicht ein bisschen im Magen liegt und auf die Ohren drückt. Ich ging wieder ins Bett und schlief ein. Und abermals Geraschel, Gekraschel und Holterdipolter, aber weiter unten, diesmal kam es von den Füßen her und war eindeutig keine akustische Täuschung.

Poltergeister, sagte ich mir, suchen, wie man weiß, fast immer nur die Nähe pubertierender Jugendlicher. Ältere Semester, zu denen du nun mal gehörst, sind für die nicht mehr interessant. Da poltert ein anderer. Ich stieg wieder aus dem Bett, zog den Lattenrost in die Höh, diesmal den Fußteil. Nichts zu sehen. Nur zu hören. Die Geräusche kamen nun wieder von oben. Also den oberen und den unteren Fußteil hochstellen. Und da –

»Schnuff! Wie kommst du da hinein?« Eine sehr unintelligente Frage, denn Schnuff sagt sowieso nichts, und außerdem stehen bei uns, katzhalber, immer die Türen offen, und ich hatte am Nachmittag selbst den Kopfkeil hochgestellt, um Konrads Bett frisch überziehen zu können, damit er sich vor dem neuen Jahr nicht genieren musste. Hatte er doch mit seinem großen Zeh ein Loch in das Bettlaken gebohrt. Konrad ist sehr stolz auf seine langen, schmalen Zehen – edel geformt nennt er sie –, die er, wenn wir am Kaminfeuer sitzen und unsere nackigen Füße gegen das Gitter drücken, immer mit meinen Zehen vergleicht, die weniger schmal, lang und edel sind. Kurz und gestumpt nennt Konrad sie. Weshalb ich froh sein könne, dass er mich, die Besitzerin solch unsäglicher Stumpenzehen, trotzdem seiner Zuneigung würdige.

»So ein Krach!« Schlumpel stand mit zurückgelegten Ohren in der Tür. »Da kann ja keine Katz schlafen.«

Ich deutete stumm auf Schnuff, der es sich inzwischen auf dem Kopfkissen gemütlich gemacht hatte. »Der war's!«

»Schnuff mag auch keinen Krach«, sagte Schlumpel. »Schnuff hat gedacht, hier hat er seine Ruh. Weil Kater nämlich ganz viel Ruh brauchen.«

Sie gähnte, Schnuff gähnte auch und wirkte ungemein ruhebedürftig.

»Ich mag auch keinen Krach«, sagte ich, schnappte ihn, brachte ihn hinüber zu Konrad – »Das ist deiner!« –, ließ ihn auf sein – mein – Bett erplumpsen. Schnuff quiekte empört, Konrad erleichtert, und Schnuff erhielt – »Ausnahmsweis, hörst du, das darf nicht einreißen!« – die Erlaubnis, zu Konrads edlen Füßen ins neue Jahr hineinzuschlafen. Ich bekam die Erlaubnis, mich dazuzulegen. Aber da Schnuff nicht gewillt war, zu Konrads Füßen zu schlafen, immer wieder angeschlichen kam und sich in die Ritze zwischen uns schmuggelte, verließ ich die beiden Kater und zog mich in mein – in Konrads Bett zurück. Dann war endlich Ruh.

Heilige Bastet, bitt für uns!

»Jetzt ist er schon dreieinhalb Monate alt«, sagte Konrad.

»So ist es«, sagte ich. »Dreieinhalb sehr erfreuliche, äußerst kurzweilige Monate.«

»In dem Alter – auf den Menschen umgerechnet – konnte ich schon ›Ein Männlein steht im Walde‹ singen. Und ›Hänschen klein‹. Und ›Alle meine Entchen‹.«

»Er ist halt ein Spätzünder. Einstein war auch einer.«

»Aber die Zeit –«

»Die Zeit, sagt Einstein, ist relativ. Was sind schon drei Monate? Warten wir noch eine kleine Weile.«

»Vielleicht hat er was gegen mich. Schlumpel hat mich zuerst ja auch geschnitten und sehr übel behandelt. Ich war immer ganz verpflastert.«

»Jetzt nur noch gelegentlich. Und Schnuff liebt dich ungemein.«

»Ist ja auch kein Wunder«, sagte Konrad, »ich lieb mich auch. Und du, wie sehr liebst du mich?«

»Ziemlich«, sagte ich. »Nicht immer, aber meistens.«

»Trotzdem bleibt er stumm«, sagte Konrad, was nicht ganz logisch ist, denn was hat Schnuffs Liebe zu Konrad mit meiner Konradliebe zu tun?

»Gestern bin ich ihm auf den Schwanz getreten, nur ein bisschen – und da hat er gejault.«

»Auf den Schwanz«, sagte Konrad empört. »Meinem Schnuff. Ein bisschen Rücksichtnahme –«

»Der rennt einem ja dauernd zwischen den Füßen herum.«

»Vielleicht ist er ein Autist«, sagte Konrad bedrückt.

»Quatsch. Wenn er nicht mit uns spricht, muss das einen anderen Grund haben.«

Wir betrachteten Schnuff, der, offenbar im Tiefschlaf, auf der Kaminbank lag und ein bisschen seufzte. Es war ein wohliges Seufzen. Dann suckelte er an der Pfote. Dann zuckte seine Schwanzspitze. Und dann –

»Ich hab's«, sagte ich.

»Du hast was?«, fragte Konrad misstrauisch wie immer, wenn ich was habe und ihm das verkünde. Bei mir, sagt er, wisse man nie, verfüge ich doch über eine ausschweifende Fantasie.

»Ich weiß, warum er nichts sagt. Ich hätt gleich draufkommen müssen.«

»Ich komm aber nicht drauf«, sagte Konrad.

»Schnuff hält den Mund, weil er –«

»Weil er was?«

»Weil er ein Kartäuser ist.«

»Du meinst –«

»Ja. Kartäuser müssen den Mund halten. Steht in der Ordensregel. Ich hab mal einen Film gesehen über ein Kartäuserkloster, in dem haben alle geschwiegen. Ein sehr beruhigender, Nerven schonender, beglückend leiser Film, ganz ohne Blabla und ohne Musikgetöse.«

»Hier ist aber kein Kloster«, sagte Konrad. »Hier halte meistens nur ich den Mund.«

»Recht so!«, sagte ich und gab ihm einen Kuss.

»Und Schnuff ist kein Mönch, und er soll auch keiner werden. Man muss es ihm klarmachen, dass er endlich was sagen soll.«

»Es ist dein Kater«, sagte ich. »Klär ihn auf!«

»Schnuff«, sprach Konrad, »hör mal zu, was ich dir sage!«

Schnuff knabberte, wie er es gern tat, an Konrads Schuhbändeln. Konrad weigert sich nämlich, Schuhe ohne Schuhbändel anzuziehen, er hält auf Tradition und Altbewährtes. Er kauft dauernd Schuhbändel und kann keinem Sonderangebot widerstehen, weshalb wir bis zum Jahre dreitausend mit Schuhbändeln wohl versehen sind.

»Du bist zwar ein kleiner Kartäuser«, sagte Konrad, »aber ein Mönch bist du nicht und im Kloster auch nicht. Hast du das kapiert?«

Schnuff schleckte ihm die Finger, weil die noch nach Schinken rochen, vom Abendessen.

»Also mach endlich den Mund auf und sag was!«

Schnuff biss Konrad liebevoll in den Schinkenfinger. Der verstand das als diskreten Hinweis und holte eine Scheibe »Schwarzwälder Meisterschinken in Wacholderrauch geräuchert« aus dem Kühlschrank. »Wenn du was sagst, kriegst du sie!«, und hielt sie ihm vor die Nase.

Schnuff streckte sich, riss Konrad den meisterhaft geräucherten Wacholderschinken aus der Hand, fraß ihn auf, schleckte sich das Maul und guckte ihn wohlwollend, aber stumm an.

»Saubär!«, sagte Konrad. »Noch eine?«

»Noch eine!«, signalisierte Schnuffs Schwanz. Sein Besitzer fraß den ganzen Schinkenvorrat und verkniff sich jedes Wort.

»Wart's ab!«, sagte ich.

»Wie lange noch?«

»Bis es ihm gefällt.«

»Aber wann wird das sein?«

»Das wissen bloß Schnuff und der große Katzengott.«

»Der große Katzengott!«, sagte Konrad zuerst spöttisch, dann nicht mehr so spöttisch, dann versank er in Nachdenken.

Konrad packte aus, was er mitgebracht hatte. Für seinen Schnuff, den stummen.

»Eine Katze!«, sagte ich. »Als ob zwei nicht genügten.«

»Das ist«, sagte Konrad, »nicht irgendeine Katze, das ist Bastet, die große alte Katzengöttin der Ägypter. Echt Speckstein. Eine Museumsreplik, nicht gerade billig.«

»Aber warum, lieber Konrad, bringst du, der du doch Atheist bist, uns eine Göttin mit?«

Die Katzengöttin sei eine Ausnahme. »Vielleicht hilft's was.«

»Dann musst du aber auch zu ihr beten: Heilige Bastet, bitt für uns!«

»Nein, nur für diesen sprachlosen armen kleinen Kater«, sagte Konrad. »Und verleihe ihm, verdammt noch mal, endlich die Gabe der Rede!«

»Amen!«, sagte ich und dachte an meinen lieben Stoffele, dem keine Göttin erst die Redegabe verleihen musste. Der hätte sogar einen Demosthenes geschlagen.

Konrad gab Bastet einen Platz auf dem linken Lautsprecher, mit dem Hintergedanken, dass nun weder Schlumpel noch Schnuff sich dort breitmachen würden, und setzte sich in seinen von Schlumpel gerade unbelegten Sessel.

Aber da hatte er sich getäuscht. Als er von seinem Nickerchen aufwachte, hockte Schnuff vor der Göttin und schnüffelte fasziniert an ihr herum. Die Göttin guckte streng.

»An Göttinnen riecht man nicht«, sagte Konrad.

Schnuff schleckte die Göttin ab.

»Göttinnen schleckt man nicht ab«, sagte Konrad.

Schnuff tatzelte behutsam nach dem Göttinnenschwanz.

»Wie bist du überhaupt dort hinaufgekommen?«

»Er hat sich am Vorhang raufgehangelt«, sagte Schlumpel von der Fensterbank her, worauf Konrad seinem Kater erklärte, dass man Vorhänge nicht hinaufhangle, er tue das auch nicht.

»Wie soll er sonst raufkommen?«, fragte Schlumpel. »Wo er doch nicht fliegen kann.«

»Er soll unten bleiben.«

»Die Göttin ist aber oben«, sagte Schlumpel.

»Er kann sie auch von unten verehren. Götter verehrt man immer von unten.«

»Wenn einer die Göttin verehren sollte«, sagte ich, »dann du, lieber Konrad.«

»Ich kann reden. Schnuff nicht.«

Schnuff riss die Schnauze auf, gähnte uns herzlich an und hüllte sich auch weiterhin in wohlwollendes Schweigen.

»Guck dir das an!«, sagte Konrad.

Schnuff putzte sich hingebungsvoll. Machte die Pfote nass, wusch sich damit die Ohren, schleckte mit Hingabe ein Bein nach dem andern ab, das heißt, er schleckte drei Beine ab, das vierte blieb unbeleckt. Dann schlief er ein, was bei ihm immer ganz schnell geht, von einem Augenblick auf den anderen.

»Ich fürchte«, sagte Konrad, »Schnuff kann nicht nur nicht reden, er kann auch nicht zählen. Weiter als bis drei kommt er nicht. Das vierte Bein bleibt unbeleckt, wie ich schon ein paarmal mit Sorge beobachtet habe.«

Ich sagte tröstend, auch ich hätte in Mathematik nie mehr als eine Fünf gehabt und es trotzdem zu was gebracht.

»Zu was?«, fragte Konrad.

»Zu dir.«

Nach einer Viertelstunde erwachte Schnuff, sah uns pfiffig an, streckte die vorhin ungewaschen gebliebene Pfote weit von sich und schleckte sie genüsslich ab.

Er fühle sich, so Konrad, irgendwie – nun ja.
»Wie fühlst du dich, lieber Konrad?«
»Verarscht.«

Konrad verbannte die Göttin in den Keller, zwischen Kartoffeln und Krautköpfe. »Da bleibst du so lange, bis mein Schnuff spricht.«

Eine Woche darauf thronte die Göttin wieder auf dem Lautsprecher, diesmal auf dem rechten, und Schnuff sagte immer noch nichts.

»Ich hab sie aus dem Keller geholt«, sagte ich. »So kann man mit Göttinnen nicht umgehen. Sonst trifft uns ihr Fluch. Göttinnen gelten als nachtragend, denk an die alten Griechen. Hätte Paris damals nicht nur Aphrodite einen Apfel überreicht, sondern auch Athene und Hera, wäre er später nicht in die Bredouille gekommen, und der Trojanische Krieg hätte nicht stattgefunden.«

»Wie geht man mit Göttinnen um?«, fragte Konrad. »Ich hab keine Übung, da ich doch nur mit dir umgehe.«

»Wir haben als Kinder immer Blumensträuße für den Maialtar gepflückt«, sagte ich. »Die Muttergottes hat sich gefreut.«

»Woher weißt du das?«

»Von unserem alten Stadtpfarrer Hukle, der hat sie gut gekannt. Und dann haben wir ihr was vorgesungen: ›Meerstern ich dich grü-ße, o-ho- Ma-ha-ri-i-a-a hilf!‹ Man kann die Töne so schön ziehen. Vielleicht solltest du Bastet auch was vorsingen.«

Aber er könne doch Bastet nicht als Meerstern grüßen, sagte Konrad, und Altägyptisch könne er nur rudimentär.

»Götter verstehen alle Sprachen.«

Doch Konrad wollte weder grüßen noch singen noch beten. Weshalb Schnuff uns immer noch keines Wortes würdigt und die teure Katzengöttin aus glänzendem nilgrünem Speckstein noch immer auf dem rechten Lautsprecher sitzt.

Lukas heult in dieser ungewöhnlich langen Geschichte

Lukas heult«, sagte Monika, meine liebe Nichte aus Rastatt.

Ich erkundigte mich nach dem Grund der Heulerei.

»Da bist du dran schuld.«

Ich durchforschte mein Gedächtnis, aber mir fiel keine Schuld ein.

»Es ist wegen Stoffele«, sagte Monika.

»Aber mein lieber Stoffele ist doch schon seit etlichen Jahren in den ewigen Jagdgründen, wie jeder im Stoffelebuch ›Alles für den Kater‹ nachlesen kann.«

»Eben«, sagte Monika. »Drum heult Lukas ja auch.«

Lukas ist nämlich mein Neffe, was Monika aber nicht so sieht.

Ich schwindelte, pflegt sie zu sagen, denn wenn sie meine Nichte sei, sei ihr Sohn nicht mein Neffe, sondern mein Großneffe. Ich sage aber nur Neffe zu ihm, weil das jünger klingt, vielmehr, weil ich dann jünger klinge. Großneffe klingt wie Enkelneffe. Oder Neffenenkel. Und dann behauptet Monika, ich sei ein Aff.

»Und Lukas sagt, du bist so was von hundsgemein. Den armen Stoffele umzubringen. Und dann hat er ein Wort gesagt, das ich dir lieber nicht sage, weil du sonst denkst, ich hätt ihn schlecht erzogen. Fängt an mit großem A.«

»Ich hab Stoffele nicht umgebracht«, sagte ich. »Er ist ganz von selber vom Dach gefallen.«

»Das findet Lukas überhaupt nicht gut. Drum liegt er im Bett und heult. Ich hab ihm nämlich die letzte Geschichte aus deinem Stoffelebuch vorgelesen.«

»Ich hab auch geheult, als er –«

»Ich auch«, sagte Monika. »So was schreibt man nicht über Leute, die man lieb hat. Und Lukas hat Stoffele lieb.«

»Ich auch. Aber ich kann es nun mal nicht ändern, dass er vom Dach gefallen ist. Ich halte mich immer streng an die Wirklichkeit. Unrealistisches Erzählen liegt mir nicht.«

»Ist mir wurscht, was dir liegt oder nicht liegt. Mein Lukas liegt im Bett und heult. Sehr realistisch heult er.«

»Ich konnte nicht anders«, sagte ich.

»Man kann schon, wenn man will«, behauptete Monika. »Hast du mir immer gesagt, als ich noch klein war. Und ich hab's dir geglaubt. Ich bin menschlich tief, tief enttäuscht von dir. Lukas sagt, er heult so lange, bis Stoffele wieder lebendig wird. Schreib eine neue letzte Geschichte, aber lass ja deine mörderischen Pfoten von Lukas seinem Stoffele.«

Und also schrieb ich eine neue letzte Geschichte. Hier ist sie, für alle Leser, die sonst auch nicht mehr aufhören mit der Heulerei. Denn es gibt eine ganze Menge, die mir sehr böse Briefe geschrieben haben, weil Stoffele vom Dach gefallen ist. Das, haben sie geschrieben, werfe kein gutes Licht auf meinen Charakter und lasse an meinen schriftstellerischen Fähigkeiten doch sehr zweifeln.

Die Geschichte heißt natürlich genauso wie die erste:

Der Stern

Uaauaaaauaah!«

Ich fuhr aus tiefstem Schlaf auf und zitterte am ganzen Körper.

»Uaaaaaaauaaaaaaauu!«

Ein Überfall? Diebe? Räuber? Mörder?

»Uaaaaaaaaaaaaaaaaaaauuuu!«

»Lieber Gott«, betete ich, »ich bin nicht fromm, aber lass nicht zu, dass ich vorzeitig in den Himmel komm, weil man mich abmurkst. 's wär schad um mich.«

»Ich will rein!«, schrie jemand von draußen. »Ich hab Hunger. Besonders im Bauch.«

»Stoffele«, rief ich, »was für ein schauerliches Gebrüll.« Und riss das Fenster auf.

Mein Kater streckte sich genüsslich. »Was heißt hier Gebrüll? Das war ein Geburtstagsständchen. Stoffele in Concert.«

»Wer hat Geburtstag?«

»Wir alle zwei beide miteinander zusammen.«

»Ausgeschlossen«, sagte ich. »Mein Geburtstag ist am achten Januar, und deinen weißt du ja selber nicht, obwohl du dabei warst.« Ich füllte sein Schüsselchen.

»Es ist aber doch unser Geburtstag«, sagte Stoffele beharrlich und schlabberte es leer. Dann schleckte er sich die Schnauze, guckte ganz ernst und sagte mit Grabesstimme: »Und auch ein Todestag.«

Ich erschrak. »O Gott. Wen hat's denn erwischt? Magst du ein bisschen Leberwurst?«

»Nur her damit! Heut vor einem Jahr hat er sich umgebracht.«

»Wer denn?«

»Dein Kaktus. Der auf dem Fensterbrett so dumm herumgestanden ist, als ich ins Zimmer gesprungen bin. Er hat mich gesehen und sich vom Brett gestürzt, der feige Kerl, und dann war er – und der Topf war auch – na ja.«

Ich kraulte ihn hinter den Ohren. »Bin froh,

dass du ihn – sonst hätten wir uns ja nie gefunden. Und jetzt versteh ich dich auch. Mit Geburtstag meinst du, dass wir seit diesem Tag zusammen sind.«

»Stimmt«, sagte Stoffele. »Ein Jahr lang bist du schon bei mir. Schwer hab ich's mit dir gehabt.«

»Tut mir leid. Ich bin halt nur ein Mensch. Aber ich hab mir wirklich Mühe gegeben.«

Stoffele nickte gnädig. »Ich muss sagen, du hast dich gemacht in letzter Zeit. Bist viel katzlicher geworden. Man kann dich lassen.«

Er rieb den dicken Kopf an meinem Bein. »Drum kriegst du auch ein Geschenk zu unserem Geburtstag.«

»Was ist es denn?«

Er setzte sich sehr aufrecht hin und sah mich an. »Im nächsten Jahr darfst du zehnmal auf meinem Schaukelstuhl sitzen.«

»Stoffele! Das kann ich ja gar nicht annehmen. Was für ein herrliches Geschenk.«

»So bin ich halt. Und ich hab noch was. Ich bring dir das Schnurren bei.«

Ich hatte meine Zweifel. »Glaubst du, ich krieg das hin? Zum Müffchen machen bin ich ja auch zu blöd.«

»Wir üben so lang, bis du's kannst. Und dann schnurren wir miteinander.«

»Das hab ich mir immer gewünscht.«

»Und jetzt kommt das dritte Geschenk. Das heißt, es kommt noch nicht.«

»Warum nicht?«

»Erst, wenn's dunkel ist.«

»Wieso? Hat es Angst?«

»Es schläft noch. Und es ist kein Es, sondern ein Er.«

»Sehr geheimnisvoll«, sagte ich und wünschte den Abend herbei.

Stoffele verzog sich ins Körbchen und rollte sich zusammen.

Der Abend ließ sich heute besonders viel Zeit. Erst dämmerte es, dann wurde es dunkler und schließlich richtig schön dunkel. Stoffele erwachte, gähnte, streckte sich, buckelte, marschierte zum Fenster, befahl: »Mach auf!«, und sprang aufs Fensterbrett.

Ich war am Platzen.

»Jetzt!«, sagte er.

»Ich seh nix.«

»Aber gleich. Ich hol ihn.«

»Wen denn?«, fragte ich ganz kribbelig.

»Na, den Stern natürlich. Den über der Birke. Er ist sehr begabt und im Leuchten besonders gut. Den hol ich dir. Und dann schenk ich ihn dir. Von Stoffele für dich.«

»Nein!«

»Doch. Hab letzte Nacht den ganzen Himmel abgeguckt. Man nimmt ja auch nicht jeden.«

»Der ist aber auch besonders schön, Stoffele.«

»Er hält sich bestimmt viel länger als die Schokoladenkekse, die du immer gleich wegfutterst. Er strahlt ja vor Gesundheit. Ein Stern im besten Alter.«

Ich sah über mich. Mein im besten Alter sich befindender Stern funkelte märchenhaft.

»Wart einen Augenblick.« Und schon hatte Stoffele einen Satz vom Fensterbrett zum untersten Ast der Birke gemacht und kletterte nun den Stamm hinauf bis zur Höhe der Balkonbrüstung. Noch ein Satz, und er war aufs Dach gesprungen.

Ich lief in den Garten und sah hinauf. Nun war er ganz oben bei der Antenne. Ich sah, wie er sich festhielt und mit der Pfote über sich langte.

Und nun gebe ich der Geschichte einen ganz kleinen Stups und lenke sie in eine andere Richtung:

Der Stern, er hatte wohl gemerkt, was Stoffele vorhatte, er fing an zu blinken wie eine angeknipste Taschenlampe. Dreimal lang, dreimal kurz, dreimal lang – SOS blinkte der Stern, SOS – SOS – SOS!

»Stoffele«, brüllte ich hinauf, »komm wieder runter!«

»Nicht ohne deinen Stern.«

»Lass ihn droben, Stoffele. Der hat Angst. Der will nicht.«

»Aber ich will.«

SOS blinkte der Stern verzweifelt, immer wieder SOS. Und auf einmal fingen auch die Sterne um ihn herum an zu blinken, viele kleine Sternchen. Es war das reinste Feuerwerk.

»Stoffele«, schrie ich, »lass ihn in Ruh, der Stern hat Familie.« Und dann hörte ich was. »Stoffele, da brummt wer.«

»Ich hör nix«, rief Stoffele und streckte erneut die Pfote nach dem Stern aus. Das Brummen wurde lauter, tiefer, wilder, drohender, brummiger, mit einem Wort: tiefwildbrummdrohiger und klang entschieden nach Bär. Ich sah mich um, aber da war kein Bär. Und dann fiel der Groschen.

»Komm sofort runter, Stoffele. Der ist größer als du, und stärker.«

»Ich bin der Größte«, brüllte Stoffele.

»Hier unten schon, aber nicht droben am Himmel. Glaubst du, der Große Bär guckt einfach zu, wie du ihm die Sterne, auf die er aufpassen muss, vom Himmel holst?«

»Hast du Bär gesagt?«, brüllte Stoffele.

»Ja, das hab ich. Das ist der Bär aller Bären. Schrecklich betatzt, fürchterlich bekrallt und ganz außerordentlich bereißzahnt.«

»Bin ich auch«, rief Stoffele nicht mehr ganz so laut.

»Schon, aber alles ein bisschen kleiner.«

»Und du meinst, ich soll –«

»Und ob.«

»Aber was denkst du, wenn ich –«

»Ich denke, dass du der gescheiteste Kater aller gescheiten Kater bist. Denn der Klügere gibt nach. Ich tät mich mit dem Kerl nicht anlegen.«

Stoffele zog die Pfote zurück.

»Außerdem vermute ich, dass der Stern von unten her gesehen viel schöner ist. Wenn wir ihn über mein Bett hängen, leuchtet der bestimmt nicht. Der kann nur am Nachthimmel richtig glänzen.«

»Bist du sicher?«

»Ganz sicher. Komm wieder runter! Bitte!«

»Bitte reicht nicht!«

»Ich flehe dich an, Stoffele. Gib dir einen Ruck und komm endlich. Ich hab nichts davon, wenn du vom Dach fällst oder wenn der Große Bär Hackfleisch aus dir macht.«

»Da ist was dran«, sagte Stoffele und begann mutig mit dem ehrenhaften Rückzug.

Als er unten war, schickte ich ein Dankgebet

an den heiligen Franz von Assisi, nahm ihn – meinen Kater, nicht den heiligen Franz – auf den Arm und drückte ihn fest an mich. Zusammen sahen wir hinauf, wo der Stern und seine Familie dankbar strahlten. Das Brummen war auch weg, der Bär beruhigt, der Nachthimmel wieder in Ordnung.

Stoffele schnurrte. »Ich weiß ein anderes Geschenk«, sagte er. »Hast du vorhin nicht Hackfleisch gesagt?«

»Ja, das hab ich.«

»Im Kühlschrank ist noch welches. Aus ökumenischer Rindweidehalterungzuchtvieh, oder so. Das schenk ich dir zu unserem Geburtstag. Du machst schöne Kügelchen, und die putzen wir zusammen ganz freudevoll weg.«

»Prima Idee«, sagte ich. »Aber ich hab im Moment keinen Hunger.«

»Auch recht«, sagte Stoffele, »dann putz ich sie allein weg. Freudevoll und dir zulieb.«

»Toller Geburtstag!« Stoffele schleckte sich die Schnauze. »Den feiern wir jetzt öfters. Auch ohne Stern.«

* * *

Fertig! Ich speicherte die Geschichte, druckte sie aus und schickte sie nach Rastatt.

»Lukas lacht!«, sagte meine liebe Nichte Monika. »Ich hab ihm die neue Geschichte vorgelesen. Er hat gesagt, er malt dir zum Dank ein schönes Bild von Stoffele und –«

»Von Stoffele und von mir«, sagte ich geschmeichelt. »Er soll mir den blauen Pullover anziehen, in dem find ich mich so schön.«

»Er malt natürlich nicht dich«, sagte Monika, »er malt Stoffele und sich. Sich malt er mit dem roten Pullover, weil er findet, damit sieht er prima aus, richtig mutig, und weil Stoffele schwarz ist, wird das ein tolles Bild. Das schickt er dir dann.«

Das Bild hängt über der Eckbank in der Küche, und wer es sieht, ist ganz weg davon. Auf diese Weise ist Stoffele, obwohl er vom Dach gefallen ist, immer da. Für immer und ewig. Halleluja!

Konrad war keineswegs einverstanden mit dem Happy-End. »Stell dir vor, Flaubert hätte Madame Bovary umgeschrieben, nur weil seine Leser wollten, dass sie am Leben bleibt. Oder Romeo und Julia wären nicht gestorben, sondern würden Silberhochzeit feiern. Oder die Nibelungen wären nicht in der Halle König Etzels umgebracht worden, sondern friedlich und mit knurrenden Mägen wieder heim nach

Worms gekommen und hätten dort Pfannkuchen gegessen, die Rumolt, ihr Küchenmeister, so wunderbar zubereiten konnte.« Und er zitierte, was Rumolt seinen Herren riet:

ich wolde iu eine spîse
dën vollen immer gëben,
sniden in öle gebâwen:
daz ist Rûmoldes rât …

Konrad übersetzte »sniten in öle gebâwen« mit »in Öl gebackene Schnitten«, was ja nichts anderes bedeuten könne als Pfannkuchen. »Apropos, wie wär's mit Pfannkuchen und Apfelmus heut Abend? Das Tragische«, sagte Konrad, »hat auch eine läuternde Wirkung auf den ergriffenen Zuschauer oder Leser, wie die alten Griechen wussten. Er ist erschüttert, er geht in sich und ändert sein Leben. Nicht immer, aber manchmal vielleicht doch ein bisschen, vermutlich aber überhaupt nicht. Was man Katharsis nennt.«

»Ist mir wurscht, wie man das nennt«, sagte ich. »Lukas hat geheult. Weil er Stoffele liebt. Kinder darf man nicht enttäuschen. Wenn er mal groß ist, wird er verstehen, dass Stoffele sterben musste. Aber jetzt, da er noch klein ist, bleibt er für ihn am Leben. Ich habe gesprochen. Howgh!«

Konrads Gesicht drückte aus, was er davon hielt.

»Apropos howgh: Sag mal, lieber Konrad, hast du in deinen weit zurückliegenden Kindertagen Karl May gelesen?«

»Alle fünfundsechszig Bände«, sagte Konrad stolz.

Ich bewunderte ihn. »Und Winnetou Band drei? Wo der edle Häuptling der Apatschen vom Dach fällt – ich meine, wo er, von einer meuchlerischen Kugel getroffen, das Zeitliche segnet?«

»Ja«, sagte Konrad düster, »das hab ich gelesen. Was hab ich geheult. Eine Sauerei von diesem Karl May, seinen Winnetou umzubringen, das hab ich dem Kerl bis heute nicht verziehen.«

Zum Trost kriegte er abends Pfannkuchen, die ich mit Apfelmus füllte, was ich genauso gut kann wie Küchenmeister Rumolt, doch träufelte ich zusätzlich reichlich Ahornsirup darüber, für den Konrad eine Schwäche hat. Konrads Kummer über Winnetous Hinscheiden war so groß, dass er keinen Pfannkuchen übrig gelassen hätte, hätte ich ihm nicht die letzten drei entrissen. Einen für Schlumpel, einen für Schnuff – beide ohne Apfelmus – und einen für mich.

Geheimnisvolle Wege

Unser Haus steht am Hang. Von unten, von der Straße, fährt man mit dem Auto in die Doppelgarage, die gehört zum Untergeschoss. Das Flachdach der Garage geht über in den Balkon, der auf der Südseite des Hauses entlangführt.

Auf diesem Flachdach steht er und ist von imponierender Großartigkeit: unser Schopf. Wir haben ihn bauen lassen, weil wir nicht wussten, wohin mit all dem Zeug, das man sich im Lauf der Jahre zugelegt hat: Rasenmäher, Schneefräse, Häcksler, Töpfe und Blumenkästen in allen Farben, Formen und Größen, Blumenerde in Säcken, Düngemittel, getrockneter Hühnermist, grässlich stinkend. Der Schopf war elend teuer, aber als er endlich stand, aus Holz, schön gestrichen und mit einem hübschen Ziegeldach obendrauf, waren wir begeistert von ihm.

Schlumpel begutachtete den Schopf von allen Seiten und erklärte ihn für genehmigt. Bei Nichtgefallen hätten wir ihn selbstverständlich sofort wieder abreißen lassen. Auch Schnuff, der ihn ausgiebig beschnuffelte, machte keine Einwände. Wenigstens nahmen wir dies an, denn Schnuff sagt ja nichts.

Doch dann –

»Das ist aber komisch.«

»Was ist komisch, lieber Konrad?«

»Die Balkontür liegt auf der Südseite des Hauses.«

Ich fand das kein bisschen komisch.

»Und ich habe vorhin Schnuff zu dieser Balkontür hinausgelassen.«

Auch das fand ich nicht komisch. »Das machen wir doch alle naslang.«

»Ja, aber nach einer Viertelstunde hab ich ihn wieder reingelassen.«

Was mich auch nicht wunderte, weil wir auch das alle naslang tun.

»Ich hab ihn«, sagte Konrad, »aber nicht zur südlichen Balkontür wieder reingelassen, sondern zur Haustür. Und die ist auf der gegenüberliegenden Nordseite des Hauses.«

»Und wo liegt das Problem?«, fragte ich.

»Wie war's in Köln es doch vordem, mit Heinzelmännchen so bequem«, sagte Konrad.

»Bitte? Wir hocken nicht in Köln, wir hocken in Oberweschnegg, und Heinzelmännchen haben wir keine. Ich mach alles selber.«

»Das war nur ein Zitat. Ich will ja nur sagen,

dass es für die Katze vordem, in der Vorschopfzeit, sehr bequem war. Sie geht zur südlichen Balkontür hinaus, spaziert zum auf gleicher Höhe liegenden flachen, von einem Geländer umgebenen Garagendach, überquert dieses gemessenen Schrittes oder auch rennend und gelangt, indem sie eine zehn Zentimeter hohe Stufe hinabsteigt oder -springt, auf den kleinen Platz auf der Nordseite des Hauses, wo du immer das Auto abstellst, weil du nicht einsehen willst, dass man ein Auto gleich in die Garage fährt, wo kein Marder drankommt und die Leitungen anknabbert. Ich stelle mein Auto grundsätzlich –«

»Genug«, sagte ich. »Was ist nun mit diesem Stellplatz und der Katze?«

»Von diesem Stellplatz führt ein zehn Meter langer schmaler Weg zur vorderen Tür auf der Nordseite des Hauses.«

»Ist mir bekannt. Warum erklärst du mir das?«

»Jetzt kommt's! Die Katze umrundet also, wenn man so sagen will, einfach nur das Haus. Umgekehrt ist's genauso. Sie verlässt das Haus durch die nördliche Haustür, marschiert den Weg –«

»Den zehn Meter langen Weg«, verbesserte ich –

»Also den Weg zum kleinen Platz, nimmt

die Stufe zum flachen Garagendach, überquert dasselbe –«

»Gemessenen Schrittes«, sagte ich, »oder auch rennend, hüpfend, springend, tänzelnd –«

»– und läuft zur südlichen Balkontür, wo man sie wieder reinlässt.«

»Schnuff ist keine Katze, sondern ein Kater.«

»Das eben Gesagte gilt natürlich auch für einen Kater. Kannst du mir geistig folgen?«

Das könne ich wohl, sagte ich, doch sehe ich das Problem immer noch nicht.

Konrad griff sich an den Kopf, ob meiner Begriffsstutzigkeit. »So war es bisher. Aber so ist es nicht mehr. Denn: Wer steht jetzt auf dem Garagendach und verhindert, dass irgendwer über den Balkon von der Südseite zur Nordseite gelangt?«

»Der Schopf!«

»Ausgezeichnet. Der ist unserer Katze im Weg. Der Schopf hat zwei Türen. Eine zum Balkon hin, eine zum kleinen Stellplatz. Beide Türen sind immer zu. Die Katze kann also, schopfeshalber, nicht mehr den gewohnten Weg übers Garagendach nehmen. Was macht sie nun?«

»Sie kehrt um. Oder sie denkt nach.«

»Nehmen wir mal an, sie denkt nach. Und was denkt sie? Sie denkt: Will ich zur Haustür auf der anderen Seite, muss ich, weil der Schopf nun mal da steht, vom Balkon in den Garten hinunterspringen. Das ist zu hoch. Und selbst wenn ich hinunterkäme, ohne mir den Hals zu brechen, hinauf käm ich nicht. Und an der glatten Schopfwand hochklettern und dann übers Dach – nein, geht auch nicht.«

»Stimmt«, sagte ich. »Und was denkt ein Kater?«

»Dasselbe. Wie, so frag ich dich und mich, hat Schnuff das gemacht, dass er zur Balkontür hinaus- und zur Haustür wieder hereinkommt?«

»Frag nicht dich und frag nicht mich. Frag ihn!«

»Der sagt doch nichts.«

»Dann musst du ihn beobachten.«

»Na?«, fragte ich, als wir beim Abendessen saßen, »hast du's rausgekriegt?«

Konrad wirkte ungnädig. »Zuerst hab ich ihn, wie heut morgen, zur Balkontür rausgelassen und zur Haustür wieder rein.«

»Dann weißt du's ja. Wie macht er's?«

»Keine Ahnung. Er sieht, dass ich da steh und ihm nachschau. Der durchtriebene Kerl hockt eine halbe Stunde auf seinem Hintern und schaut interessiert den Vögeln zu, die in der Warteschlange hocken, um an das Futterhäuschen ranzukommen. Sehr fein, dieser Käse. Mäh oder meck?«

»Mäh«, sagte ich. So unterscheiden wir Schafs- und Ziegenkäse.

»Dann ist mir's zu blöd, und kalt ist's auch. Ich hab ja keinen Pelzmantel an wie der. Dann musste ich aufs Klo, das bekanntlich auf der Nordseite liegt, und was hör ich da?«

»Gleich wirst du's mir sagen.«

»Ich hör ihn durchs Klofenster schon vor der Haustür maunzen. Ich mach auf, und er witscht rein.«

»Ohne Erklärung?«

»Ohne. Gibt's keine Oliven?«

»Die hat irgendwer letzte Nacht aus dem Kühlschrank geklaut. Du machst es falsch, lieber Konrad. Nächstes Mal lässt du Schnuff zur Haustür raus und läufst ihm einfach nach.«

»Hab ich auch gemacht. Er hat nicht dran gedacht, mir den Weg zu zeigen. Guckt sich immer wieder um, ich würde schwören, er grinst mich an, rennt mal hierhin, mal dorthin, fängt ein paar Schneeflocken, schlägt einen Purzelbaum, rennt dann hinüber zum Nachbarn und ist weg. Lässt mich einfach stehen. Nach einer Stunde hockt er vor der Balkontür und will rein.«

»Und wo steckt er jetzt?«

»In seinem Körbchen. Er pennt.«

Ich fragte meine Schlumpel, die sich auf der Kaminbank zusammengerollt hatte, aber Schlumpel wusste auch nicht, wie Schnuff das machte. Wenn sie zur Balkontür hinausgeht, um mal kurz frische Luft zu schnappen und hinunter in den Garten zu spähen, ob der Nachbarskater die Frechheit hat, sich darin zu ergehen, kommt sie auch zur Balkontür wieder rein.

»Vielleicht weiß unser Schnuff um die Kunst der Levitation«, sagte ich. »Es soll in Indien Yogis geben, die sich in die Luft erheben, einige Zeit dort verweilen und dann wieder landen.«

Das glaubte Konrad eher nicht. Und dann hatte ich eine Erleuchtung. »Wir warten einfach, bis frischer Schnee gefallen ist, dann müssen wir nur seinen Spuren folgen.«

Konrad fand die Idee nicht übel. Nur tat uns der Schnee nicht den Gefallen, zu fallen, während wir auf der Lauer lagen, er fiel erst, als wir im Bett waren. Außerdem hätte der heftige Wind alle Spuren sofort verweht.

Zum Glück hatte ich noch eine weitere Erleuchtung: »Du hast uns doch neulich was vorgelesen. Den ›Zauberlehrling‹ von Goethe.«

»Das weißt du noch? Meistens schläfst du ja ein, wenn ich was vorlese.«

»Nicht wegen deiner Vorleserei, sondern wegen der Wärme vom Kaminfeuer. Schnuff lag auf deinem Musiksessel und war ganz bei der Sache. Bei der Stelle: ›Und mit Geistesstärke, tu ich Wunder auch‹, hat er seinen Schwanz ganz aufgeregt hin- und herbewegt. Vielleicht hat er's probiert, und es hat geklappt.«

Konrad hatte etwas Irres im Blick. Schnuff in seinem Körbchen sah uns freundlich und irgendwie unergründlich an, mit unergründlicher Freundlichkeit oder freundlicher Unergründlichkeit, und kam weiterhin und ohne jede vernünftige Erklärung zur Haustür wieder herein, wenn man ihn zur Balkontür hinausgelassen hatte. Und umgekehrt.

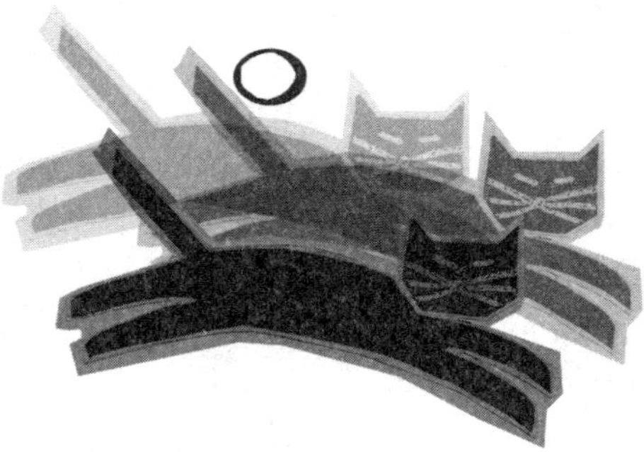

Auf der Suche nach der verlorenen Maus

Klingt komisch«, sagte Konrad.

»Was klingt komisch?«, fragte ich.

»Hör doch mal!«

Ich hörte. Dann sagte ich: »Sie hat eine Maus. Drum klingt das Gemaunze so dumpf.«

Schlumpel drehte ihr Gemaunze lauter. Konrad fühlte sich bei seiner Suche gestört, richtiger gesagt, bei der Suche nach der verlorenen Zeit, die aber nicht er, Konrad, verloren hatte, sondern Marcel Proust, und bat um Ruhe. Ich teilte ihm mit, das müsse er ihr schon selber sagen, worauf Konrad sich aufrappelte, das Buch weglegte, die Balkontür öffnete und sie höflich bat, woanders herumzumaunzen, er lese gerade, was Monsieur Proust über die verlorene Zeit schreibe.

Schlumpel witschte ihm zwischen den Beinen durch ins Zimmer mit rechts und links aus dem Maul heraushängender Maus. Die Maus war noch ziemlich ganz und zeigte alle Anzeichen des Unbehagens.

»Sie quietscht!«, rief Konrad.

»Du würdest auch quietschen, wenn du rechts und links aus einem Löwenmaul heraushingest, lieber Konrad.«

Konrad verlangte, ich solle nicht blöd daherreden, sondern was tun.

»Was soll ich da tun?«

»Nimm sie ihr weg!«

Schlumpel schmiss die Maus in die Höh und setzte ihr dann nach. Die Maus sah sich nach einem Schlupfloch um.

»Nicht hinter meinen Lautsprecher!«, brüllte Konrad. »Such woanders!«

Der Lautsprecher steht nämlich so im Eck, dass man nur schwer hinter ihn kommt, wenn man größer als eine Maus ist. Die Maus, die natürlich nicht größer als mausgroß war, schaffte es. Schlumpel setzte ihr nach, hockte eine Zeitlang vor dem Lautsprecher, dann ließ sie sich nieder, knickte die Vorderpfoten ein und beäugte den Lautsprecher.

»Schau dir das an!«, sagte Konrad entrüstet. »Macht einfach Müffchen. Die hat die Ruh weg.«

»Die kommt schon wieder raus, die Maus«, sagte Schlumpel. »Ich kann warten.«

Die Maus, die auch warten konnte, dachte nicht daran, hervorzukommen. Verhielt sich mucksmäuschenstill. Schlumpel ebenso. Konrad nicht.

»Glaubst du, ich schau mir das noch lange an?«

»Er kann ja gehen«, sagte Schlumpel. »Er stört. Weil er keine Geduld hat. Ohne Geduld kriegt man nie eine Maus.«

Konrad erklärte, die Warterei auf das Herauskommen der Maus nerve ihn gewaltig. Außerdem empfinde er Mitleid mit der geschundenen Kreatur. Und mit seinem Lautsprecher, weil die Maus in ihrer Todesangst bestimmt die Krallen am Holz schärfen und Fäden aus dem Geflecht herausziehen werde. Ich sagte, das könne sie gar nicht, das Geflecht sei vorne. Konrad prophezeite, die Maus werde ganz bestimmt Mauskügelchen machen, um es mal vornehm auszudrücken. Ich wandte ein, man sage aber nicht Mauskügelchen, man sage anders dazu, wie man sage, falle mir aber gerade nicht ein. Da Konrad solche Fragen stets sofort klärt, schlug er unter »Maus« im ›Klugen Goetze‹ nach, las mir einen seitenlangen Artikel über die Maus als solche vor, dann hatte er es: »Man sagt«, sagte Konrad, »Mausköttel. Hier steht es schwarz auf weiß. Merk's dir!« Und dann fuhr er da fort, wo er zuvor aufgehört hatte, nämlich mit der Vermutung, die Maus werde also höchstwahrscheinlich Mausköttel machen, und weil ich hinter dem Lautsprecher verwerflicherweise nicht sauberzumachen pflegte, würden die anfangen zu stinken. Ich sagte, früher, in der Vorkonradzeit, hätte ich sehr wohl dort hinten saubermachen können. Aber nicht ich hätte die sündhaft schweren, mannshohen Lautsprecher dorthin gestellt, sondern jemand anderer, um Bruckner so laut zu hören, wie er es bei sich nie wagen könnte, weil sonst die Nachbarn rebellisch würden. Und der Platz sei unklug, um nicht zu sagen idiotisch gewählt für einen Lautsprecher.

Genau an dieser Stelle müsse der Lautsprecher aber stehen, sagte Konrad, weil der andere im anderen Zimmereck stehe und die Musik nur dann optimal klinge, wenn sein Musiksessel sich genau im Schnittpunkt, also gleich weit entfernt von beiden Lautsprechern befinde. Was er mir schon x-mal erklärt habe.

Außerdem, sagte ich, verbarrikadiere noch eine Kiste mit alten Schwarten den Zugang zum Mausversteck und –

Dann spazierte Schnuff durch die offene Balkontür und merkte sofort, dass etwas im Gange war. Konrad deutete auf den Lautsprecher und sagte nur ein einziges Wort, nämlich: »Maus! Sag's nach, Schnuff: Maus – Maus – Maus!«

Aber Schnuff dachte nicht daran, seine Zunge zu lockern, hockte sich vor den Lautsprecher und schnuffelte, was das Zeug hielt. Konrad erkundigte sich, wie Maus rieche.

»Nach Maus«, sagte Schlumpel.

Schnuff versuchte, hinter den Lautsprecher zu kommen. Schlumpel wischte ihm eine, Schnuff quietschte. Die Maus fiepte. Konrad fragte Schlumpel, wo sie die Maus überhaupt herhabe.

Die habe ihr der Seppi geschenkt.

»Als Zeichen seiner Verehrung?«

»Er hat sie mir schenken müssen«, sagte Schlumpel. »Erst wollt er ja nicht, aber dann – es ist schließlich meine Maus. Der Kerl hockt auf meiner Wiese, vor meinem Mausloch. Die Maus kommt raus – er packt sie –, dann komm ich ganz zufällig vorbei, und ich sag ihm, er soll gefälligst seine eigenen Mäuse fressen, und er sagt, dass meine besser schmecken, als Kater hat er ein Recht auf alle Mäuse, und da schmier ich ihm eine und sag ihm, er hat ein Recht auf eine Ohrfeige, und dann schenkt er mir die Maus und zieht den Schwanz ein, und ich pack die Maus, die blöd dahockt und nicht weiß, wem sie nun gehört, und ich trag sie hierher und –«

»Warum hast du sie nicht auf der Wiese erledigt?«, fragte Konrad.

»Eine anständige Katze«, sagte ich, »bringt ihre Beute nach Hause. Sie will schließlich auch was zur Ernährung beitragen.«

Konrad bedankte sich für diesen Beitrag, er sei im Grund immer Vegetarier gewesen.

Schlumpel wartete, Schnuff schnuffelte, und die Maus stellte sich tot.

»Wir müssen«, sagte ich, »den Lautsprecher wegschieben, sonst gibt sie ihren Geist auf und verrottet. Und davon hat niemand was. Außerdem stinkt eine verrottende Maus, während Mausköttel nur mumifizieren.«

Also schoben wir den Lautsprecher zur Seite, und Konrad jammerte, ich solle gefälligst achtgeben und ganz, ganz sachte, nein, nicht so ruckartig, zum Donnerwetter, viertausend habe der gekostet, und er habe keine Garantie mehr drauf. Und so ruckelten und zuckelten wir vorsichtig und schoben den kostbaren Lautsprecher einen halben Meter zur Seite.

»Aus die Maus!«, sagte Konrad.

»Weg die Maus!«, sagte ich, denn da war keine.

»Sie kann unmöglich seitlich entwischt sein«, sagte Konrad. »Die seitlichen Fluchtwege sind verbarrikadiert, einerseits durch den Zeitungsständer, andrerseits durch die Kiste mit den zehn Brockhausbänden, die ich letztes Mal mitgebracht und hierhergestellt habe, weil sie da nicht stört, und die ins Bücherregal einzuordnen ich bisher noch keine Zeit gefunden habe, weil ich mich ja um so viel kümmern muss, weil hier immer irgendwas kaputt und weil alles so voll ist.«

»Aber nur, weil ein gewisser Konrad dauernd neue Bücher anschleppt«, sagte ich. »Zehn Bände Brockhaus sind nicht das, was wir am Nötigsten brauchen. Außerdem sind sie von 1950.«

»Und deshalb von bibliophilem Wert«, sagte Konrad, »außerdem stammen sie von meinem Vater, und aus Pietätsgründen –«

Schlumpel inspizierte das Gelände, wurde aber auch nicht mausfündig, verlor den Spaß an der Sache, um nicht, in Anlehnung an Monsieur Proust, zu sagen an der »Suche nach der verlorenen Maus«, und verschwand in Richtung Wiese, wo weitere, unverbarrikadierte Mäuse auf sie warteten. Schnuff verlor keineswegs den Spaß, er schnuffelte und schnuffelte.

»Das ist der Große Brockhaus, Schnuff«, sagte Konrad, »und keine Maus.«

Schnuff konnte nicht ablassen vom Großen Brockhaus, besonders ein Band hatte es ihm angetan. Ich nahm den Band – Buchstabe M-N – und ließ ihn wieder fallen. Und noch jemand fiel, und zwar aus dem Brockhaus heraus: die Maus. Sie hockte vor uns, rührte sich nicht und sah uns mit ihren Knopfaugen eindringlich flehend an. Eine ausnehmend hübsche Maus mit netten runden Mausohren und sichtlich klopfendem Mäuseherz. Und ich erinnerte mich, dass ich als Kind mal weiße Mäuse hatte, eingetauscht gegen dreißig Sanella-Bilder über die Eroberung Deutsch-Südwestafrikas. Weiße Mäuse, die ich innig geliebt habe, weil es, wenn sie mir den Buckel runterliefen, so schön kitzelte, und die ich gelegentlich über den Tisch rennen ließ, wenn Besuch gekommen war, der mir nichts mitgebracht hatte, und die mein Bruder dann verschacherte gegen die Bilder von der deutschen Fußballweltmeisterelf von 1954. Und ich schmolz dahin und breitete die Arme schutzengelhaft über der Maus aus.

Konrad, der wie ich keine Metzeleien liebt, nahm Schnuff auf den Arm und hielt den Zappelnden fest. »Keine Angst, der tut dir nichts«, sagte er zur Maus, »der verstellt sich bloß.« Und dann fragte er die Maus, wie sie in Band M-N gekommen sei.

Da die Maus keine Worte fand vor Dankbarkeit oder vor Schreck, antwortete ich für sie. Ich hielt Konrad das Buch unter die Nase. Es war fast ausgehöhlt. Irgendwer, interessiert an Wörtern, die mit M und N beginnen, hatte die Seiten sozusagen verinnerlicht, angenagt und aufgefressen, und in dieses Schlupfloch hatte die Maus sich geflüchtet. Und da die Maus innerhalb von zehn Minuten unmöglich diese große Tat vollbracht haben konnte, musste es eine andere, längst dahingegangene Maus gewesen sein, die in den Fünfzigern sich so eine sichere und zugleich anspruchsvolle Wohnstatt geschaffen hatte.

Da Schnuff deutlich die Absicht äußerte, er wolle mit der Maus ein bisschen spielen, trug Konrad ihn in die Küche und öffnete eine Dose »Lachs und Forelle« für ihn. Ich stülpte eine Schüssel über die Maus, schob die ›Stuttgarter Zeitung‹ darunter; Konrad trug die Schüssel in den Garten und riet ihr, also der Maus, ihr Mausloch, Schlumpel und die Wiese in nächster Zeit zu meiden und lieber Nachbarn zu beehren. Er lüpfte die Schüssel, und die Maus rannte im Zickzack wie ein Hase in den nachbarlichen Garten.

»Das ist der Dank!« Konrad hielt mir die Zeitung hin, die voller Mausköttel war, dem Ergebnis der Todesangst, die die kleine Maus empfunden haben muss. »Ausgerechnet der Sportteil, den ich noch nicht gelesen habe.«

Mittags backte –

»... buk«, brüllt Konrad aus dem Wohnzimmer, »backen ist ein starkes Verb!« Also, mittags buk ich Mäuse, aus Hefeteig, mit kleinen runden Ohren, Rosinenaugen und auf den Rücken gelegtem Schwanz. Wir tunkten, im vollen Bewusstsein, dass der Freiherr von Knigge sich im Grabe umdrehen würde, hätte er uns zusehen können, die Mäuse in Kakao, der mit einem Schuss Kirsch veredelt wurde. Und ich erzählte Konrad, wie ein ziemlich gefürchteter, als unerwarteter Besuch eingetroffener Onkel, seine Wiege stand in Ostpreußen, uns Kinder einmal erwischt hatte, wie wir unseren Hefezopf in den Kakao tunkten. Was ihn so schockierte, dass er Bauchschmerzen bekam und uns nie mehr unangemeldet heimsuchte. Konrad sagte nach der dritten Maus und dem vierten Kakao, diese – also nicht die getunkte, sondern die gerettete – sei eine ausnehmend intelligente, weil offenbar lesekundige, sonst hätte sie doch nicht den Band M-N als Versteck ausgesucht.

Alles verdrillt

Möcht bloß wissen, wie ihr das macht«, sagte Konrad und guckte grimmig.

»Wer ist ihr?«, fragte ich.

»Die Bewohner dieses Hauses, ausgenommen mich natürlich.«

»Was ist das?«, fragte ich.

»Das ist das verdrillte Telefonkabel. Gerade wollt ich telefonieren, aber ich weigere mich, mit einem verdrillten Kabel zu telefonieren. Das geht mir auf die Nerven. Und es sieht blöd aus.«

»Aber das macht es doch immer«, sagte ich und empfahl ihm, das Kabel zu entdrillen.

»Geht nicht«, sagte Konrad finster. »Ich hab's x-mal versucht. Das Ding verdrillt sich dauernd wieder.«

»Warum beschwerst du dich dann bei mir?«

»Irgendwer muss schuld dran sein, dass es sich immer wieder verdrillt. Und da ich nicht in Frage komme – als vernünftiger Mensch, der ich bin –«, er blickte misstrauisch zum Musiksessel, in dem Schlumpel, Tiefschlaf simulierend, unser Gespräch belauschte.

»Vielleicht war's Schnuff«, sagte ich.

»Unsinn. Mein Schnuff tut so was nicht. Er ist schließlich ein Kater. Und also männlich und vernunftbegabt. Kein Kater verdrillt Telefonkabel.«

»Du beschuldigst also mich und meine Schlumpel –«

»Irgendwer in diesem Hause«, sagte Konrad, mich lieb ansehend, »hat ein gestörtes Verhältnis zur Technik, wie ich aus leidvoller Erfahrung weiß.«

Und während er etwas von unbotmäßig heruntergefahrenen Computern schwafelte, falsch programmierten Wäschetrocknern und Steckdosen, die sich heute noch in lebensgefährlichem Zustand befänden, hätte er sich nicht ihrer angenommen, sah ich meine alte Physiklehrerin, Fräulein Straub vor mir, die mich inständig anzuflehen pflegte, doch bitte einen großen Bogen um alle Elektrogeräte zu machen, weil diese bei meinem Anblick stets in Panik gerieten und dann alle Versuche boykottierten. Einem derartigen Menschen, so wieder Konrad in Übereinstimmung mit Fräulein Straub, dem traue er auch zu, dass er – beziehungsweise sie – das Telefonkabel veranlasse, sich zu verdrillen. Vielleicht nicht bewusst, aber es gebe, was wissenschaftlich erwiesen sei, negative Einflüsse auf sensible Geräte, für die meistens weibliche Wesen – schon gut, mehr wolle er dazu nicht sagen.

»Deine Vermutungen sind eine Beleidigung für das weibliche Geschlecht«, sagte ich. »Sie entbehren jeglicher Grundlage und zeigen nur deine männliche Unfähigkeit, die wahren Ursachen der Telefonkabelverdrillung aufzuspüren. Was meinst du, Schlumpel?«

Schlumpel fand das auch. Sprang vom Sessel, stolzierte an Konrad vorbei, ohne ihn auch nur eines Blickes zu würdigen und verschwand durch die Balkontür. Herein sauste dafür Schnuff, der in Richtung Küche rannte, weil er dringend musste und immer noch nicht verinnerlicht hatte, dass er das auch draußen erledigen konnte statt auf seinem Katzenklo.

»Ich krieg's raus!«, verkündete Konrad und versprach, das Rätsel der Telefonkabelverdrillung zu lösen. Koste es, was es wolle.

Zunächst mal kostete es Zeit. Konrad verbrachte Stunden damit, das Telefon anzustarren, es peinlich genau zu untersuchen, er maß Länge und Durchmesser des Kabels, prüfte die Öffnung des Hörers, in der es steckte, zog die Schnur glatt, entkringelte sie, montierte sie ab und ersetzte sie probeweise durch die Schnur des alten Telefons, das auf dem Speicher herumlag und nach kurzem ebenso verdrillt wie die erste war.

»Vielleicht will es lieber eine weiße Schnur«, sagte Schlumpel. »Der Charly von gegenüber hat einen weißen Schwanz, der kringelt sich nicht.«

Aber eine weiße Schnur kriegte Konrad nirgends. Der Mann von der Telekom wiegte den Kopf und meinte, die Farbe spiele wohl keine Rolle bei der Verdrillung. Was dabei eine Rolle spielen könne, wusste er nicht. Aber er hätte schon Dinge erlebt, sagte er, Dinge – er sah sich um, als höre ein Feind mit –, und dann sagte er etwas von der Tücke des Objekts und von dunklen Mächten, und er werde sich hüten, den Mund aufzumachen, denn was er da sagen könne, glaube ihm doch kein Mensch. Einmal habe ein Telefon sogar –

Wir zerbrachen uns weiterhin den Kopf, woran es liegen könnte. Ich kam auf die Idee, das Kabel kringle sich, weil es Humor habe und manche Telefongespräche zum Kringeln seien. Was Konrad albern fand. Womöglich, sagte er, sei die Überdehnung des Spiralkabels der Grund für die Kringelei. Ich zöge ja aus unerfindlichen Gründen dauernd an der Strippe, wie er schon des Öfteren gesehen habe. Schlumpel meinte, es liege wohl daran, dass es ein ehrliches Kabel sei, und wenn einer – Blick zu Konrad – am Telefon lüge, dann kringle es sich halt zusammen.

Konrad forderte Beweise für diese ehrabschneidende Behauptung.

»Er hat gestern am Telefon gesagt, er hätt einen ganzen Korb voller Pilze gefunden«, sagte Schlumpel. »Hat er aber nicht. Es waren nur drei. Mit Maden drin. Da hat die Schnur sich halt verdreht. Hab ich deutlich gesehen.«

Sie sprang mit einem Satz auf den Lautsprecher und – ja, und kringelte sich dort zur Kugel zusammen.

»Was glaubst du, Schnuff?«, fragte Konrad.

Schnuff guckte ihn, wie immer, freundlich an und führte ihn in die Küche zu seinem leeren Schüsselchen.

Konrads Ruh war hin. Er zergrübelte sich den Kopf und präsentierte uns weitere interessante Erklärungen.

Es gebe eine Kraft, sagte er, die mit wachsendem Abstand vom Äquator wirke und einen Drehimpuls bewirke, und zwar von Massenbewegungen wie Winde, Meeresströmungen, Vogelzügen und dem berühmten Badewannenstrudel. Davon habe er mal gelesen, er wisse nur nicht mehr wo, vielleicht bei Professor Lesch. Auf der Nordhalbkugel der Erde wirke diese Kraft nach rechts, auf der Südkugel nach links. Am Äquator gebe es daher keine Telefonschnurverdrehungen, und in Australien seien die Kabel andersrum verdreht. Es gelte also, sich beim Telefonieren möglichst nicht zu bewegen, um jeglichen Rechtsdrall zu vermeiden.

Also telefonierten wir ab sofort wie die Salzsäulen. Was aber nichts brachte, das Kabel verdrehte sich weiterhin, es fand sogar Freude daran, sich zu immer komplizierteren Knoten zu verknubbeln. Und ich sagte, ich hätte nicht vor, eines spinnerten Telefonkabels wegen unseren Wohnsitz an den Äquator zu verlegen, und Schlumpel sagte, sie auch nicht. Und es liege vielleicht daran, dass es dem Kabel zu kalt sei, dann kringle es sich zusammen, sie tue das auch, wenn sie im Winter mal draußen übernachte, weil dieser Kater vom übernächsten Haus leider immer nachts unterwegs sei. Aber ich weigerte mich, nur eines Kabels wegen die Heizung hochzudrehen.

Dann kam Konrad darauf, es könne doch damit zu tun haben, dass ich beim Telefonieren gern auf einem Papier herumkrakelte, und um krakeln zu können, nähme ich den Hörer in die andere Hand, das verdrieße womöglich die Schnur, die nicht gerne hin- und hergezogen werde und sich deshalb aus Protest zusammenkringle.

Und so weiter.

Das Telefonkabel hörte sich unsere Erklärungsversuche an und verdrillte sich immer kühner. Es übertraf sich selbst. Morgens fanden wir kunstvolle Knoten, und wenn wir es entknubbeln wollten, rissen wir den ganzen Apparat zu Boden.

Konrad drohte der Schnur, er werde sie in tausend Stücke schneiden und auf dem Recyclinghof entsorgen. Und wofür man überhaupt ein Telefon brauche. Goethe hatte auch keins.

Eines Morgens aber –

Konrad zerrte mich zum Telefon. Der Hörer hing herunter, die Schnur war, wie es sich gehört, spiralig und unverdrillt und wirkte geradezu unschuldig.

Er stehe vor einem Rätsel, meinte Konrad. Ich sage, da stünde ich auch. »Vielleicht hat sie es sich schließlich doch überlegt. Deine Drohung, sie zu zerstückeln, hat sie zur Vernunft gebracht.«

Schlumpel grinste subversiv, und Konrad legte verstört den Hörer wieder auf die Gabel.

Wir machten einen Beruhigungsspaziergang nach Unterweschnegg und lobten sehr unseren Apfelbaum – es ist nicht unserer, aber der Bauer, dem er gehört, legt keinen Wert auf die Äpfel, weshalb wir sie als unsere betrachten und jeden böse ansehen, der sich dem Baum auf drei Meter nähert.

Als wir zurückkamen, rannte Konrad zum Telefon, um sich zu versichern, dass die Telefonschnur keinen Rückzieher gemacht und es sich wieder anders überlegt hatte. Sie hatte nicht.

Der Hörer hing wieder herunter, schwebte dicht überm Boden und schaukelte leise hin und her, wie der Tannenzapfen einer Schwarzwälder Aufziehuhr. Die Schnur war unverdrillt.

»Wer, zum Kuckuck, hat den Hörer von der Gabel genommen und baumeln lassen?«, fragte Konrad und guckte mich so streng an, dass ich versicherte, ich könne es nicht gewesen sein, da ich ja an seiner Seite nach Unterweschnegg gewandert sei. Und er solle nicht so inquisitorisch gucken, schließlich hänge die Schnur ja unverdrillt herunter, was doch Anlass sei, denjenigen zu loben, der ihren Sinn gewandelt hatte.

»Er soll mal Schnuff fragen«, kam es vom Musiksessel her, auf dem Schlumpel ruhte.

»Schnuff?«

Schnuff sah aus, als erwarte er großes Lob für eine Heldentat. Und er bekam es auch.

»Toller Kater! Aber wie hast du das hingekriegt?«

Wenn Konrad geglaubt hatte, nun werde Schnuff den Mund auftun und erklären, wie man ein renitentes Telefonkabel zur Vernunft bringt, hatte er sich getäuscht. Schnuff guckte nur großartig, und an seiner Stelle übernahm Schlumpel die Aufklärung:

»Er hat den Hörer runtergehauen, der ist aber nicht ganz bis zum Boden gekommen, weil die Schnur zu kurz ist. Da hat der Hörer sich so lange gedreht, bis er ganz glatt gehängt ist.«

»Das ist die Schnuff-Entdrillung!«, sagte ich. »Wir sollten sie für Schnuff patentieren lassen. Dein kleiner stummer Kater hat großen Erfindungsgeist bewiesen. Und es ist im Grunde ganz einfach.«

»Wie alle großen Erfindungen«, sagte Konrad. »An Einsteins Relativitätstheorie ist ja auch nicht viel dran. Ich meine, er kommt gerade mal mit vier Zeichen aus: e = mc im Quadrat.«

Warum das Kabel sich immer wieder verdrillte, blieb uns auch weiterhin verhohlen. Aber man muss ja nicht immer hinter alles kommen. Die Welt ist gottlob noch voller Geheimnisse. Und wer will schon in einer ungemütlich geheimnislosen, bis in den letzten Winkel ausgeleuchteten, entdrillten Welt leben?

Wir nicht. Und so leben wir weiterhin mit einem verdrillten Kabel, und wenn es allzu verdrillt ist, sagt Konrad zu Schnuff:

»Zeig ihm, wo der Bartel den Most holt!«

Und Schnuff weiß genau, wo der Most ist.

Traumkater

Lass das!«, sagte ich zum Mond, »ich mag es nicht, wenn man mir mitten in der Nacht ins Gesicht scheint. Meine Ruh will ich haben.«

»Schöne Begrüßung!«, sagte Stoffele, der auf dem Fensterbrett saß, wo er eine prima Figur machte und der Mond ihm einen Heiligenschein verlieh, der überhaupt nicht zu ihm passte. Sein Fell sprühte Funken. Es glimmten seine Augen. Womöglich glommen sie auch. Mal Konrad fragen.

Ich fuhr auf und starrte ihn an.

»Nett von dir«, sagte Stoffele und schleckte sich die Pfote.

»Was meinst du?«

»Dass du die Geschichte noch mal geschrieben hast. Meine Geschichte.«

»Aber die alte Geschichte gilt immer noch, mein lieber Stoffele. Du bist und bleibst nun mal vom Dach gefallen. Ich hab sie nur wegen Lukas umgeschrieben, damit der aufhört mit der Heulerei. Gehst du jetzt wieder?«

Er ging nicht. »Ich find's trotzdem nett von dir.«

»Na ja«, sagte ich, »die Wahrheit ist dem Menschen zwar zumutbar, wie Ingeborg Bachmann sagt, aber nur in der Poesie und nur im Prinzip. Und nicht, wenn der Mensch noch klein ist.«

»Freust du dich, dass ich –?«

»Natürlich freu ich mich. Es ist wunderbar. Aber erschrick nicht, Stoffele, du bist ein Gespenst. Ein seliger Geist. Und jetzt weiß ich's. Du bist gekommen, weil ich so oft an dich denke.«

Stoffele guckte mich lieb an. Sehr lieb. Anders lieb als Schlumpel, die mich auch sehr lieb angucken kann. Und anders als Konrad, der mich manchmal auch sehr lieb anguckt. Er guckte mich an, wie nur Stoffele mich angucken kann.

»Du konntest gar nicht anders«, sagte ich. »Wart mal!«

Ich stieg aus dem Bett, lief zum Bücherschrank, holte den ›Faust‹, blätterte darin und fand auch schnell die Stelle. »Ich les dir's vor: ›Du hast mich heftig angezogen, an meiner Sphäre lang gesogen –‹«

»Hä?«, sagte Stoffele.

»Sagt der Erdgeist zu Faust. Der wollte ihn nämlich unbedingt sehen. Und drum hat der

Faust den Erdgeist beschworen, und drum ist der Erdgeist gekommen, und dann war er da. Wie du.«

»Schwarz? Mit weißer Schwanzspitze?«

»Aber nein. So einen wie dich gibt's nur einmal.«

»Eben.« Stoffele schnurrte zufrieden. »Und was hat der erdige Geist dann gemacht?«

»Dann ist er wieder verschwunden.«

»Weil der Faust ihm nix zu essen gegeben hat?«

»Erdgeister haben keinen Hunger.«

Stoffele schleckte sich die Schnauze und sagte, er sei ganz bestimmt kein Erdgeist.

»Ich würd dir ja gern was geben, aber kannst du denn als seliger Geist so was Irdisches wie Fleischbällchen –?«

Stoffele guckte ratlos und traurig. Und dann fiel mir etwas ein. Ich holte Papier und Farbstifte und malte sein altes getupftes Schüsselchen, malte auch eine ganze Menge schöner runder Fleischkügelchen hinein. »Es ist angerichtet!«

Stoffele sprang vom Fensterbrett und nahm auf der Bettdecke Platz und rieb seinen Kopf an meiner Backe. Es fühlte sich anders an als damals, als er noch leibhaftig bei mir war – obwohl er auch jetzt ziemlich leibhaftig aussah.

»Die Fleischbällchen sind ätherisch, sozusagen. So wie du ein ätherischer Kater bist.«

Stoffele zwickte die Augen zu, schluckte ein paarmal, und als ich auf das Papier schaute, war das Schüsselchen leer, und er schleckte sich wieder die Schnauze.

»War's fein?«

»Nicht übel.«

»Nein, so was«, sagte ich. »Da sitzt mein alter lieber Stoffele auf meinem Bett und verputzt wie früher Hackfleischkügelchen. Auch wenn das eigentlich nicht sein kann. Du bist ja nicht wirklich da.«

»Was ist wirklich?«, fragte Stoffele misstrauisch.

»Wirklich ist, was man mit seinen fünf Sinnen wahrnehmen kann.«

»Was sind fünf Sinne?«

»Nase, Mund, Hände, Ohren, Augen.«

»Siehst du mich? Und hörst du mich?«

»Ja, schon, aber –«

»Ich kann ja wieder gehen«, sagte Stoffele beleidigt, machte es sich bequem und ließ den Schwanz von der Bettdecke herunterhängen. Der weiße Tüpfel glühte sanft, ging immer an und aus – und an und aus –

»Kommst du jetzt öfter?«, fragte ich.

»Mal gucken«, sagte Stoffele. »Wenn's grad passt.«

»Das sagt Schlumpel auch immer: Mal gucken.«

»Das hat sie von mir«, sagte Stoffele wohlgefällig.

»Wir haben jetzt auch einen kleinen Schnuff. Er sagt aber nichts.«

»Ich schon«, sagte Stoffele.

»Du warst – bist – auch ein besonderer Kater.«

»Find ich auch.«

Ich kratzte mich. »Entschuldige bitte, mein Lieber, aber: Hast du Flöh?«

»Höchstens selige Flöh.« Er fing an zu schnurren und schnurrte mich in den Schlaf.

»Du guckst so verklärt«, sagte Konrad.

»Heut Nacht war Stoffele da.« Ich schmierte Brombeermarmelade o. W. auf mein Brot.

»Du hast geträumt«, sagte Konrad und bediente sich reichlich mit Brombeermarmelade m. W.

Brombeermarmelade o. W. heißt ohne Wurm, m. W. demzufolge mit Wurm. Der sonst eher pingelige Konrad findet nämlich meine Suche nach Würmchen in den selbst gepflückten Waldbrombeeren lächerlich, weshalb ich bei der Zubereitung unterschiedlich vorgehe: In meiner Marmelade gibt es mit an Sicherheit grenzender Wahrscheinlichkeit kein einziges Würmlein, in der Konrad zugedachten hab ich nicht so genau hingesehen.

Schlumpel war aushäusig, sie bleibt nachts oft draußen, weil sie, wie sie sagt, zu tun habe und wissen müsse, was so laufe. Schnuff lag in seinem Körbchen und schnarchelte.

»Hab ich nicht. Ich hab ihn gestreichelt, sein Fell hat Funken gesprüht, und er hat geschnurrt und seinen Schwanztüpfel immer an- und ausgemacht. Und seine Augen haben geglimmt oder geglommen, was weiß denn ich. Weißt du's?«

»Klar«, sagte Konrad, guckte aber vorsichtshalber erst im Duden nach. Der Duden weigerte sich, ein solches Wörtlein zu kennen. Konrad erklärte, er werde sich bei Meyers Lexikonverlag beschweren ob solch perfider Ignoranz. Dann legte er den Duden weg und sah mich kopfschüttelnd an. »Um auf deinen Stoffele zurückzukommen – ich hab's gewusst.«

»Was hast du gewusst?«

»Du bist nicht ganz gebacken.«

»Ist das schlimm?«

»Wie man's nimmt«, sagte Konrad. »Besser, du bist nicht ganz gebacken, als dein Brot.«

Mein Brot ist nämlich eine Wucht, wie alle sagen, die es kennen. »Nicht geschimpft ist genug gelobt«, pflegt Konrad zu sagen. Für ihn als gebürtigen Schwaben ist das ein hohes

Lob. Das allerhöchste spendete er mir mal, als ich Pilzknödel gemacht hatte: »Der Hunger zwingt's nei!«

Schnuff wachte auf, gähnte, streckte und reckte sich, kletterte aus dem Körbchen und sprang auf Konrads Schoß.

»Aber nicht betteln!«, sagte Konrad streng. »Du weißt, ich hab Prinzipien!«, und hielt ihm ein Katzengutsel vor die Nase. Schnuff happste es weg.

»Konrad«, sagte ich, »was ist wirklich?«

»Wirklich ist«, sprach Konrad, »dass Schlumpel vor der Tür sitzt und schon wieder eine Maus im Maul hat, und der Schwanz hängt ihr rechts und links aus dem Maul raus.«

»Geh hin«, sagte ich, »mach die Tür ein bisschen auf und lob sie fest, aber lass sie bloß nicht ins Zimmer.«

Und Konrad lobte Schlumpel die Maus hinein, wie man so schön sagt. Schnuff rannte aufgeregt hin und her und wollte auch was abhaben, aber diesmal fraß Schlumpel die Maus ganz allein, bis auf die Galle, die lässt sie immer liegen.

»Stoffele«, sagte ich, »macht wenigstens keine Blutflecken mehr, der ist pflegeleichter als Schlumpel, wenn dem der Sinn nach einer Maus steht, mal ich ihm eine.«

»Kommt der jetzt öfters?«, fragte Konrad.

»Weiß nicht. Vielleicht. Ab und zu mal. Wär doch schön.«

»Heut Abend«, sagte Konrad, »steht mir der Sinn nach Maultaschen, aber nicht nach gemalten, sondern nach wirklichen. Mit geschmälzten Zwiebeln bitte!«

»Was ist wirklich, Konrad?«, fragte ich.

»Das hast du schon mal gefragt«, sagte Konrad.

»Ja, aber ich weiß es immer noch nicht.«

»Über diese Frage«, sagte Konrad, »haben sich schon bedeutendere Geister als wir beide den gescheiten Kopf zerbrochen.« Er wandte sich seinem Kater zu: »Oder weißt du's, Schnuff?«

Der guckte, als wisse er es schon, denke aber nicht daran, es uns zu verraten.

»Diese Frage«, sagte Konrad, »muss ja nicht unbedingt heute geklärt werden, oder?«

»Nein«, sagte ich, »das muss sie nicht, weder heute noch morgen noch übermorgen. Eigentlich ist es mir ganz wurscht.«

Katzenmusik

He, Schnufff!«

Schnuff bewegte kaum merklich die Ohren.

»Ich hab was für dich!«

Schnuff bewegte ganz leicht die Schwanzspitze.

»Hör mal zu!«

Schnuff gähnte.

»Du sollst zuhören, nicht gähnen.«

Schnuff gähnte gleich noch mal, aber länger, ausführlicher. Er ist ein gewaltiger Gähner vor dem Herrn.

»Entschuldige bitte«, sagte Konrad, »ich wollte ja bloß sagen, es wär ausgesprochen nett von dir, mir ein bisschen Aufmerksamkeit zu schenken, aber nur, wenn du gerade nichts Besseres vorhast.«

Das war der richtige Ton im Umgang mit einem Katzentier. Schnuff, er ruhte auf der Couch auf Konrads persönlichem, frisch gewaschenem Kissen, auf dem eigentlich nur Konrads aristokratisch schmale Füße ruhen dürfen, drehte diesem den Kopf zu und sah ihn wohlwollend an. Bei aller Zuneigung, die er für Konrad empfindet, weiß er natürlich, was er sich schuldig ist. Und schuldig ist man sich, nur zu reagieren, wenn man höflich und demütig angesprochen wird.

Er selber spricht einen immer noch kein bisschen an, obwohl Konrad bei jeder Gelegenheit listig versucht, ihm ein Wörtlein zu entlocken.

Konrad strahlte dankbar und sank in seinen Musiksessel. Schnuff dehnte sich, reckte sich, streckte sich, marschierte betont langsam und mit einigen Umwegen auf Konrad zu, sprang auf seinen Schoß und rollte sich dort zusammen.

Konrad drückte auf die Taste seines Radiofernbedienungskästchens. Töne kullerten aus dem Radio. »Weißt du, was das ist, Schnuff?«

Schnuff guckte wissend.

»Du sagst es, Schnuff, das ist von Scarlatti. Und was von Scarlatti?«

Schnuff guckte noch wissender.

»Richtig!«, sagte Konrad. »Das ist die Katzensonate. Und was ist das, Schnuff?« Konrad drückte wieder auf die Taste.

»Miau, Miau!«, sang die Stimme, »komm, geliebte Katze, reich mir deine Tatze!«

Schnuff schnurrte.

»Mit dieser Musik hab ich die da einst bezirzt.«

Die da – meine Schlumpel – lag, diesmal von

Konrad geduldet, auf einem der großen Lautsprecher und ließ die Pfoten herunterhängen.

»Das glaubt auch nur er«, sagte sie zu mir. »Ich wollt an die Katzentabs ran, die er mitgebracht hat.«

»Na, Schnuff, was denkst du?«

Schnuff legte denkerisch den Schwanz um sich herum.

»Beethoven?«, fragte Konrad, »oder Haydn, Weber, Mozart? Oder vielleicht Heinrich Ignaz Franz Biber von Bibern? – Hast du gesehen?«, sagte er zu mir, »bei Mozart hat sich seine Schwanzspitze bewegt.« Und zu Schnuff: »Sehr gut, mein Lieber, es ist Mozart.« Er steckte die Hand in die Hosentasche und hielt sie Schnuff hin, der machte sich erfreut über die kleinen muffligen Kügelchen in Konrads flacher Hand her. Konrad kicherte, weil Schnuffs raue Zunge ihn kitzelte. Das mag er nämlich sehr, und darum – und aus Bestechungsgründen – hat er immer einen kleinen Vorrat bei sich. Er mag es sowieso, wenn man ihm aus der Hand frisst. Bei Schnuff klappt das ja auch, aber nicht bei mir, obwohl er es schon ein paarmal versucht hat. Mit Ingwerstäbchen in Bitterschokolade. Aber vergeblich. Ich fresse ihm nie aus der Hand. Und die Ingwerstäbchen krieg ich auch so.

»Alle besseren Musiker«, verkündete Konrad, »liebten Katzen und komponierten für sie.«

»Wagner nicht«, sagte ich.

»Natürlich nicht«, sagte Konrad, für den Wagner nicht zu den besseren Musikern zählt, einmal, weil er viel zu laut ist für empfindsame Katzenohren, und dann, weil er auch den empfindsamen Konradohren weh tut. Und dem empfindsamen Konradmagen. Bei Wagner wird ihm schlecht. Wenn er mal in die Hölle kommen sollte, pflegt er zu sagen, dann bestimmt in die Abteilung, in der die armen Sünder Wagner hören müssen. Stereo und fortissimo und in alle Ewigkeit.

»Du kommst nicht in die Hölle«, sagte ich.

»Natürlich nicht«, sagte Konrad, »es gibt ja keine Hölle. Ich komme selbstverständlich in den Himmel, Abteilung Bach-Mozart.«

»Kommst du nicht. Weil es für solche wie dich auch keinen Himmel gibt.«

»Wohin denn dann?«, fragte Konrad.

»Ich werd Stoffele fragen, wenn der wieder nachts bei mir reinschaut. Vielleicht weiß der, was für deinesgleichen dermaleinst vorgesehen ist.«

»Es gibt kein Dermaleinst«, sagte Konrad.

»Wart's ab!«, sagte ich. »Und du, Schlumpel, wohin kommst du mal?«

»Ich bleib«, sagte Schlumpel pragmatisch

und schleckte sich die Pfoten. »Ich wär ja schön blöd, wenn ich dermaleinstig woanders hinging. Hier sitz ich, hier fress ich, hier schlaf ich, hier krieg ich meinen Streichel, hier bleib ich. Bei dir. Und du bleibst auch.«

»Und du, Schnuff?«, fragte Konrad, »willst wenigstens du mit mir gehen, wohin auch immer? Sprich dich ruhig aus!«

Schnuff kratzte sich unschlüssig hinterm Ohr und sprach sich nicht aus.

»Er denkt nach«, sagte Konrad. »Kater sind nun mal Denker.«

»Er kratzt sich nicht denkerisch«, sagte Schlumpel. »Er hat Flöh.«

»Essen fertig«, sagte ich. Und alle begaben sich an ihren Ort. Schlumpel in die Küche zu ihrem wohlgefüllten Schüsselchen, Schnuff erst mal unter den Tisch, weil Konrad, wenn er glaubt, ich sähe es nicht, ihm ab und zu was zukommen lässt, ein Stückchen Schinken oder Huhn oder ein bisschen Leberwurst. Dazu gab's Tafelmusik. Wie früher zur Zeit des Barocks. Aber nicht für die Katz, sondern für uns.

Wo Ida weilte und schuf

Ist er weg?«, fragte Schlumpel.

»Wen meinst du?«

»Unseren Konrad.«

»Unser Konrad geht spazieren.«

»Wie lang?«

»Er hat gesagt, bis zum Abendessen sei er wieder da.«

Schlumpel begab sich auf den Musiksessel, mit dem beruhigenden Gefühl, die nächste Zeit von keinem Konrad aufgescheucht zu werden.

»Wo geht er hin?«

»Zu Ida.«

»Warum geht er allein zu Ida?«

»Männer«, sagte ich, »muss man ab und zu alleine laufen lassen.«

»Auch zu Idas?«

»Auch zu Idas.«

»Dann glaubt er, dass er ein freier Kater ist, was?«, fragte Schlumpel verständnisvoll. »Was macht Konrad bei Ida?«

»Er bewundert sie.«

»Bewundert Konrad dich auch?«

»Klar. Konrad kriegt nämlich keine Pilzknödel hin.«

»Kann Ida Pilzknödel?«

»Nein.«

»Warum nicht?«

»Ida ist längst entschlafen.«

»Wie Schnuff?«

»Schnuff ist nicht entschlafen, der schläft nur in seinem Körbchen und schnarchelt, wie man deutlich hören kann.«

»Hat Ida auch geschnarchelt?«

»Ja, wer das wüsste!«

»Und Konrad weckt Ida?«

»Konrad kann zwar vieles, aber Ida aufwecken, nein, das kann er nicht.«

»Weil sie so fest pennt?«

»Weil sie auf ewig pennt. Ida weilt nicht mehr unter uns.«

Schnuff, der erfreulicherweise fest unter uns weilt, maunzte und zuckte mit den Pfoten.

»Schnuff träumt«, sagte Schlumpel. »Von Stoffele-Opa. Von dem erzähl ich ihm nämlich oft.«

»Aber du kennst Stoffele ja gar nicht.«

»Klar kenn ich ihn. Von dir. Und was ich nicht weiß, denk ich mir aus. Ich bin ja nicht blöd. Schnuff war ganz traurig, weil das mein Opa ist. Da hab ich ihm gesagt, ich geb ihm was ab, und Stoffele ist ein ganz klein bisschen auch seiner. Und jetzt träumt er von Stoffele-Opa. Wo weilt Ida?«

»Dort, wo auch Stoffele weilt. Nur in einer anderen Abteilung.«

»Ist sie auch vom Dach gefallen?«

»Glaub ich nicht.«

»Warum bewundert Konrad Ida?«

»Eigentlich bewundert er weniger Ida als das großartige, an einem Baum festgemachte, mit Eichblättern bemalte Schild – obwohl weit und breit keine Eiche sichtbar ist –, das dem Wanderer verkündet, er stehe hier auf dem Ida-Boy-Edd-Platz, und auf dem man lesen kann: ›Zum Gedenken an die große Schriftstellerin, welche oft und gerne in Höchenschwand zur Erholung weilte und an ihren Werken schuf.‹«

»Was ist schuf?«

»Sie hat an ihren Werken geschrieben.«

»So wie du?«

»Ich schreibe nicht an Idas Werken, sondern an meinen.«

»Schreibt Ida lustige Werke?«

»Das kann man so nicht sagen.«

»Weil keine Katz drin ist?«

»Weil ich Idas Werke nicht kenne. Ich hab kein Einziges gelesen.«

»Warum nicht?«

»Weil ich, bevor ich das Schild am Baum gesehen habe, noch nie von Ida gehört hab.«

»Hat Konrad das Schild an den Baum gemacht?«

»Aber nein. Was da drauf steht, ist nicht Konrads Stil.«

»Wer war's dann?«

»Das war die Gemeinde Höchenschwand.«

»Und die hat die unlustigen Idawerke, wo keine Katz drin vorkommt, gelesen?«

»Bestimmt nicht. Gemeinden lesen relativ wenig. Das Schild ist am Baum, weil irgendjemand rausgekriegt hat, dass eine Bücher schreibende Frau namens Ida Boy-Edd gelegentlich in Höchenschwand in Ferien weilte. Und damit die Leute, Touristen, Wanderer, Skifahrer, Spaziergänger und Nordic-Walker denken, Höchenschwand sei ein Ort, der berühmte Leute magisch anzieht.«

»Wie meinen tollen Opa«, sagte Schlumpel. »Und wie –«

»Und wie meine Schlumpel.«

»Und wie Schnuff«, sagte Schlumpel.

»Schnuff ist noch nicht berühmt.«

»Kommt noch«, sagte Schlumpel.

»Nicht, wenn er den Mund nicht aufkriegt. Könntest du nicht ein bisschen mit ihm üben?«

»Selbst ist der Kater«, sagte Schlumpel und zog ab.

Dann war Konrad wieder da.

»Gruß von Ida«, sagte er.

»Danke. Du guckst so.«

»Wie guck ich?« Konrad nahm Schnuff auf den Arm. »Hat er was gesagt?«, fragte er hoffnungsvoll. Das fragt er übrigens jeden Tag.

»Hat er nicht.«

»Warum nicht?«

»Frag ihn doch!«

»Warum sagst du nichts, Schnuff?«

Schnuff kämmte ihm mit den Krallen den Bart.

»Listig guckst du. Tückisch. Gemein. Irgendwie firlefanzig. Was hast du angestellt?«

»Ich hab den Leuten Ida erklärt«, sagte Konrad und kicherte albern.

»Ach du meine Güte!«

»Ja, meine Erklärung war von besonderer Güte. Ich sitz ganz friedlich auf der Bank und denk an dich –

»Lügner! An Ida hast du gedacht.«

»Und denk also an Ida, da kommen sie angestöckelt. Eine ganze Gruppe. Klack-klack-klack-klack. Eng anliegende Hosen in Rosa und Lila, Wasserflasche um den Bauch, Disziplin im Blick. Sie bleiben stehen und lesen das Schild, das du ja kennst. ›Wissen Sie, wer das ist?‹, fragen sie mich.«

»Und?«

Konrad lachte teuflisch. Schnuff biss ihm ins Ohr. »Wer kennt sie nicht, sage ich. Eine Frau von Bedeutung. Ida, Nachname Edd, sei eine englische Verehrerin Goethes gewesen, die ihn einige Male in Weimar heimgesucht hatte. Sie und der Dichter, dessen Verhältnis zur Frau von Stein gerade abgekühlt war, seien sich inniglich nahegekommen, und nach neun Monaten habe sie hier in Höchenschwand, in der Abgeschiedenheit der tiefsten Provinz, seinen Sohn geboren, einen munteren Knaben. Aber das müsse doch unbedingt auch aufs Schild, hat eine von den Damen gerufen, damit ein Strahl der Dichtersonne auf Höchenschwand falle und dem Ort Unsterblichkeit verleihe. Und was aus dem Knaben geworden sei. Er habe, sage ich, sich später einen Namen als Schüttelreimdichter gemacht.«

Schnuff versuchte, Konrads Haare zu fressen.

»Das Talent hat er wohl von seinem Papa«, sagte ich.

»Und von seiner Mama, die, berührt vom Genius Goethes, anfing, auch zu schreiben. Romane. Nach der Geburt des Jungen, ihres ›little boy‹, wie sie ihn rief, nannte sie sich übrigens Ida Boy-Edd. Sie brachte es auf zwanzig Romane.«

»Und das haben die Stöckeldamen dir abgenommen?«

»Und wie. Eine erinnerte sich sogar an den Roman: ›Ein Herz bricht‹, der sie sehr bewegt habe, mehr jedenfalls als ›Ein Herz bricht nicht‹. Dass unsere gute Ida den gar nicht geschrieben hat, tut nichts zur Sache. Nicht in meine Nase beißen, Schnuff!«

»Konrad«, sagte ich, »das war nicht fein von dir.«

»Schnuff«, sagte Konrad, »das ist nicht fein von dir. Lass endlich meine Nas in Ruh und rutsch mir den Buckel hinunter.«

Und Schnuff rutschte ihm freudig den Buckel runter.

»Du billigst den Bären nicht, den ich den Damen aufgebunden habe?«

»Doch«, sagte ich. »Ich billige. Vor allem den Goethe-Bären. Das ist die Strafe für die nervtötende Stöckelei. Der alte Herr hätte sicher seinen Spaß an deinem Spaß gehabt. Als Ida das Licht der Welt erblickte, saß er schon zwanzig Jahre auf dem Olymp und war unsterblich.«

»Das weißt du?«, fragte Konrad.

»Ich hab Ida gegoogelt. Morgen bestell ich im ›Bücherstübli‹ in Waldshut ein Buch.«

»Aber hier stehen doch schon ein paar tausend herum.«

»Bald eins mehr. Ein Buch von Ida Boy-Edd. Ihr angeblicher ›boy‹ war übrigens ihr Ehemann, Karl Boy.«

»Was sagst du dazu, Schnuff?«, fragte Konrad.

Schnuff blieb sich treu und sagte nichts.

Drei Tage darauf war das Buch da: ›Um ein Weib‹ hieß es. Ein Junger und ein nicht mehr so Junger kabbeln sich um – wie der Titel schon sagt. Wer sie kriegt, sag ich nicht.

Professor Leschs Urknall

»Das ist Schnuff«, sagte Schlumpel und schob ihn vor den dummen August, wie wir unseren Fernseher nennen.

Schnuff guckte lebhaft und kratzte sich hinterm Ohr.

»Lesch«, sagte Professor Lesch. »Kater oder Katze?«

»Kater«, sagte Schlumpel, die zu Herrn Lesch »Harald« sagen darf, für uns andere bleibt er der Herr Professor, der uns jeden Mittwoch kurz vor Mitternacht das Universum erklärt.

»Nettes Kerlchen«, sagte Herr Lesch.

»Er hat Milben, und Flöh hat er auch«, sagte Schlumpel.

»Morgen gehen wir zum Tierarzt«, versicherte ich beschämt. »Nicht, dass Sie auch noch ein paar Flöh –«

Herr Lesch fing an, sich zu kratzen. »Schwätzt der auch?«, fragte er.

»Schnuff schwätzt nicht mit jedem«, sagte Schlumpel. »Er schwätzt eigentlich gar nix.«

Schnuff hängte, wie er es oft tut, seine rosa Zunge aus dem Maul.

»Ist das dein Sprössling?«

»Nein, dem seiner.« Schlumpel deutete mit der rechten Pfote auf Konrad, der soeben eingenickt war. Was Professor Lesch gar nicht gefiel, schließlich war das seine Sendung, ›Alpha-Centauri‹ auf Bayern Alpha. Wir schwänzen sie nie. Wenn wir mal nicht können, entschuldigen wir uns immer – und er ist es gewohnt, dass seine Schüler aufpassen wie die Haftlmacher, Hände und Pfoten auf den Tisch legen und die Ohren spitzen. Weshalb er seine Stimme schärfte und verkündete, heute kriegten wir den Urknall. Wobei er »Urknall« geradezu hinausbrüllte, sodass Konrad auffuhr und wild um sich sah.

»Also der Urknall«, sagte Herr Lesch zufrieden. »Tolle Sache, das. Aber fürchtet euch nicht, ich bin ja bei euch.«

»Unser Konrad«, sagte Schlumpel, »mag es nicht, wenn's knallt. Dann hält er sich die Ohren zu und wird ganz käsig. Ich mag es auch nicht. Hast du so geknallt?«

»Mich hat's damals noch nicht gegeben«, sagte Herr Lesch, »weshalb ich es logischerweise nicht gewesen sein kann.«

»Wer war's dann?«, fragte Schlumpel.

»Tja. Gute Frage.« Der Professor kratzte sich mit der Kreide hinterm Ohr.

»Hast du auch Flöh?«, fragte Schlumpel.

»Ich weniger«, sagte der Professor, »aber Albert.«

Albert ist des Professors Kater. Mit dem hat er in einer denkwürdigen Sendung, für die er den Grimme-Preis verliehen bekam, die Quantentheorie erklärt.

»Er weiß es bloß nicht, wer geknallt hat«, flüsterte Schlumpel mir zu.

Schnuff hockte vor dem Fernseher und verfolgte aufmerksam jede Bewegung von Herrn Lesch. Und der war mal wieder ziemlich aktiv, machte wie immer viele Bewegungen, fuchtelte mit den Armen, den Händen, beugte sich vor und zurück, zuckte die Schultern, streckte die Hände aus, nickte, schüttelte den gescheiten Kopf, der auch immer blanker wird.

»Wackel mal mit den Ohren«, forderte Schlumpel.

»Erst der Urknall«, sagte Herr Lesch streng.

»Ich glaub, er kann's nicht«, sagte Schlumpel. »Ich mein, Ohrenwackeln.« Und zu Herrn Lesch sagte sie, mit der Pfote auf Konrad deutend: »Unser Konrad hier kann.«

Schnuff rannte hinter den dummen August, wo er Herrn Lesch vermutete, aber da war kein Lesch, weshalb Schnuff enttäuscht wieder hervorkam. Konrad sagte: »Pscht!!!«, weil es ihm peinlich war, dass Herr Lesch wusste, dass er als humanistisch gebildeter Mensch mit den Ohren wackeln kann. Schnuff mochte es nicht, dass Konrad »Pschttt!« sagte und legte seine Ohren an. Konrad entschuldigte sich.

»Macht doch nichts«, sagte Herr Lesch, »Ohrenwackeln ist eine seriöse Kunst. Der Kameramann, den ihr nicht sehen könnt, macht es gerade auch. Und der Toningenieur. Und die Maskenbildnerin. Alle Ohren hier im Studio wackeln.«

Aber Konrad sagte, er habe sich nicht bei ihm, sondern bei Schnuff entschuldigt, der sei ebenfalls so sensibel und fahre immer zusammen, wenn einer »Pschttt!« mache oder mit der Zeitung raschle.

»Zur Sache!«, befahl Herr Lesch und verkündete, auf seine Uhr guckend: »Der Urknall war der Anfang von allem. Ohne den gäb es nichts, weder Hund noch Katz noch Maus. Nicht mal mich.«

Er wechselte, wie es griechische Götterfiguren zu tun pflegen, Spielbein und Standbein, wandte den Kopf, guckte in die andere Richtung und zeigte sich von hinten. Der Kameramann verfolgte ihn mit der Kamera, bis er ihn wieder von vorne hatte, war aber etwas langsamer. Gleichzeitig kriegen die das nie hin. Müssen halt noch üben.

Schnuff, dem der Urknall egal war, kullerte seine Lieblingsmurmel hin und her.

»Vielleicht war's Stoffele«, sagte Schlumpel. »Das ist mein Opa. Und ein ganz toller Kater, schwarz, mit weißem Schwanztüpfel.«

»Glaub ich nicht«, sagte Herr Lesch, »dass der's war.«

»Mein Opa kann alles.«

»Vielleicht«, sagte Herr Lesch, »aber urknallen, nein, das trau ich ihm nun doch nicht zu. Das war anders. Nämlich so: Das Universum war winzig klein. So klein!« Er zeigte mit zwei Fingern die Größe – oder Kleinheit – des Universums. »Klitzeklitzeklein war das.«

»Wie Schnuff seine Murmel?«, erkundigte sich Schlumpel.

»Wie Schnuffs Murmel«, flüsterte Konrad, er konnte nicht anders.

»Noch klitzekleiner.«

»Schnuff seine Murmel ist blau mit so Glitzerzeugs drin.«

»Das Universum nicht. Das war damals noch ohne Glitzerzeugs. Und dann hat's eben geknallt, aus irgendeinem Grund, den nicht mal ich kenne, und das klitzekleine Universum hat sich erschrocken und –«

»Ist erschrocken!«, brüllte Konrad so laut, dass nun Professor Lesch erschrak und zusammenfuhr und schnell sagte, schon gut, das Universum sei also erschrocken, so sehr, dass es explodiert sei. Und dabei habe es eben, verdammt noch mal, geknallt. Urgeknallt, sozusagen.

»Und da ist der liebe Gott bestimmt vom Stuhl gefallen«, vermutete Schlumpel. Aber der Professor erklärte, damals habe es noch keine Stühle gegeben, von denen man hätte fallen können. Und wenn es Stühle gegeben hätte, sei es sehr fraglich, ob es der liebe Gott gewesen wäre, der heruntergefallen sei. Und ob wir noch da seien. Das fragt er jedes Mal, wenn er glaubt, wir hätten was nicht verstanden.

»Klar«, sagte Schlumpel. »Wir gucken dich immer. Weil das lustig ist, wie du so fuchtelst und rumrennst und dich kratzen tust. Wart ein bisschen, Schnuff muss mal!«

Herr Lesch erstarrte, die Kreide in der Hand, zur Salzsäule und rührte sich erst wieder, als Schnuff zurück war.

»Und nach dem Urknall sind die winzig kleinen Teilchen fortgeschleudert worden. Ins Weltall. Das ist so immer größer geworden.«

»Ich war auch mal klein«, sagte Schlumpel, »und dann bin ich auch immer größer geworden. Aber ich war kein Teilchen. Als Katze ist man immer ganz. Und ich bin leise groß geworden, ohne Knall. Und dann?«

»Dann«, sagte Herr Lesch, »sind die Sterne

entstanden. Und die Sonne. Und die Erde. Und der Mond.«

»Und mein Opa«, sagte Schlumpel stolz. »Der mit dem weißen Schwanztüpfel.«

»Noch nicht«, sagte Herr Lesch, »der kam erst viel später.«

»Mein Opa mag auch Sterne«, sagte Schlumpel. »Er ist ganz hoch hinaufgekommen und hat einen Stern vom Himmel runtergeschmissen. Für die da!« Ihre Pfote deutete auf mich.

»Donnerwetter!«, sagte Herr Lesch bewundernd.

»Unser Konrad hat ihr noch nie einen Stern runtergeholt. Weil der nicht so hoch hinaufkommt.«

»Glaub ich gern«, sagte Herr Lesch.

»Wie hoch kommst du nauf?«, fragte Schlumpel.

»Immerhin«, sagte Herr Lesch, »hab ich unsere Universitäts-Sternwarte hier in München unter mir. Das ist auch schon was.«

»Und dann ist mein Opa oben geblieben, weil dort die Milchstraße ist mit ganz vielen Sahnepfützen, und weil er mit dem Großen Bär groß befreundet ist und mit dem Kleinen Bär klein, und manchmal schmeißt er so zum Spaß wieder einen Stern runter, und dann kracht's, und dann darf man sich was wünschen und –«

»Entschuldigung, Herr Professor«, sagte ich und hielt meiner Katze die Ohren zu, »es war ein bisschen anders, aber das hab ich Schlumpel nicht sagen wollen. Sie verehrt Stoffele nämlich sehr.«

»Macht nix«, sagte Herr Lesch. »Das Alter soll man ehren. Ich verehre die Alten auch.« Was man daran merkt, dass er, wo's nur geht, Zitate alter griechischer Philosophen und großer Dichter in seine Sendungen einbaut, am liebsten am Schluss.

»Kannst du auch Sterne runterschmeißen?«, fragte Schlumpel.

Herr Lesch gab zu, das könne er nicht. Aber gestern habe er eine Tasse –

»Unser Konrad auch nicht. Nur naufgucken kann der. Dann sagt er immer was.«

Herr Lesch erkundigte sich, was unser Konrad denn immer sage beim Sternegucken.

»Ach, nur den Kategorischen Imperativ«, sagte Konrad.

Den kannte Herr Lesch auch. Seine Studenten, wie er sagte, aber leider nicht mehr.

Schnuff gähnte, weil auch er keine Ahnung vom Kategorischen Imperativ hatte, und Herrn Lesch fiel plötzlich ein, dass die Sendezeit fast zu Ende war und der Urheber oder Verursacher des Urknalls noch immer ungenannt und unbekannt. Was ihm eigentlich ganz gelegen kam, denn dieser Verursacher, der als Einziger wissen musste, was die Welt im Innersten zusammenhält, und der ganz offensichtlich über einen unendlichen Humor verfügte, schien sich all denjenigen, die versuchten, ihm auf die Schliche zu kommen, zu entziehen; er ließ sie einfach im Sternenregen stehen. Er werde, sagte der Professor, diesen Verursacher erst mal verschieben und uns nächstes Mal abhören, ob wir auch alles mitgekriegt und seine Worte in unserem Herzen bewahrt hätten –, Schnuff zuckte im Schlaf mit den Pfoten und hatte nichts mitgekriegt und nichts bewahrt –, und Professor Lesch verschwand, bescheiden, wie er nun mal ist, umgeben von einer herrlichen Aureole im farbenprächtig wabernden All, dessen Verursacher, Urheber oder Schöpfer bis auf weiteres unbekannt bleiben wird.

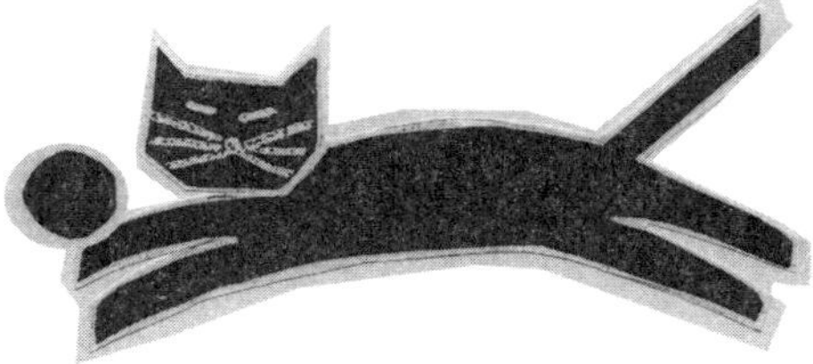

Schweigen ist nicht immer Gold

Unser Konrad litt arg unter seines kleinen Katers Schweigen.

Er saß auf seinem Sessel, Schnuff auf dem Schoß. Aug in Auge saßen die beiden. Ein Bild des Friedens. Ein Zweiklang der Seelen.

»Ich bin«, sagte Konrad, »Konrad.«

Schnuff schien nichts dagegen zu haben. In Erwartung weiterer Offenbarungen sah er ihn erwartungsvoll an.

»Und du«, sagte Konrad, »bist Schnuff.«

Schnuff nahm es zur Kenntnis. Ohne Kommentar, und um seinem Namen gerecht zu werden, schnuffelte er an Konrads Hand.

»Mein lieber Schnuff, an dem ich mein Wohlgefallen habe.«

Schnuff sah ihn an, als habe er auch sein Wohlgefallen an Konrad.

»Ich meine, mehr oder weniger.«

Schnuff betrachtete interessiert den obersten Knopf an Konrads Jacke, der lose an einem Faden baumelte, weil weder ich noch Konrad auf den Gedanken gekommen waren, ihn wieder anzunähen. Ich kann nämlich keine Knöpfe mit Stiel. Wohl aber Konrad. Und es ist sein Knopf.

»Willst du wissen, warum mein Wohlgefallen nur mehr oder weniger ist?«

Schnuff, Konrads Frage ignorierend, zog am Jackenknopf. Der leistete heftig Widerstand.

»Ich bin sicher, du willst es wissen.«

Der Knopf dachte, der Klügere gibt nach, und fiel auf Konrads Ärmel.

»Das ›weniger‹ kommt daher, dass du einfach den Mund nicht aufkriegst.«

Schnuff kriegte den Mund auf, aber nur, weil er sich den Knopf einverleiben wollte, was Konrad gerade noch verhindern konnte, zum Glück, denn Konrads Jackenknöpfe sind sozusagen »letzte Mohikaner«, die bekommt man nicht nach.

»Ich mein ja nur, allmählich wird's Zeit.«

Schnuff sah sich nach weiteren Knöpfen um.

»Ich red ja auch mir dir.«

Das schien Schnuff nicht zu stören.

»Du hast mich nicht lieb«, sagte Konrad düster. Was mich an meinen seligen Stoffele erinnerte, der mir das auch alle naslang verkündet hatte. Nicht dass er es geglaubt hätte, er war meiner Liebe absolut sicher, nein, er gebrauchte den Satz als pure Erpressung und um mir ein schlechtes Gewissen aufzubrummen.

Schnuff schleckte Konrads Finger, was diesen ungemein rührte, denn ich tu das nie.

»Du hast mich also doch lieb! Dann könntest du das dadurch beweisen, dass du endlich was sagst.«

Schnuff schien nicht den Drang zu verspüren, irgendetwas irgendwem beweisen zu wollen oder zu müssen.

»Vielleicht hat er ein Gelübde getan«, vermutete ich. »Wie das Mädchen im Märchen von den sechs Schwänen.«

»Raben«, sagte Konrad. »Es waren sieben Raben. Mit Märchen kenn ich mich aus.«

»Wir haben«, sagte ich, »sieben Raben und sechs Schwäne.«

»Alle auf einmal?«

»Natürlich nicht. Das eine Märchen heißt ›Die sieben Raben‹, das andere ›Die sechs Schwäne‹. Und in dem Schwanenmärchen legt das Mädchen ein Gelübde ab.«

»Was für ein Gelübde?«

»Es gelobt, sieben Jahre lang den Mund zu halten.«

»Warum?«

»Um seine Brüder zu erlösen, die in Schwäne verwandelt worden waren.«

Konrad sah nach bei den Gebrüdern Grimm und fand dort, es seien nur sechs Jahre gewesen, logisch, bei nur sechs Schwanenbrüdern, aber auch das sei unzumutbar. »Sechs Jahre«, sagte er dumpf. »Bis dahin kann viel Wasser den Rhein hinunterfließen.«

Ich erinnerte ihn daran, wir säßen nicht am Rhein, sondern im Hochschwarzwald. Und das Mädchen sei in einem hohlen Baum gehockt.

»Was hat es dort gemacht?«

»Ich glaube, es hat Nesselhemden gestrickt.«

»Unsinn«, sagte Konrad, der mir grundsätzlich nichts glaubt und lieber selber nachguckt, »hier steht's, auf Seite 183: ›Du darfst sechs Jahre lang nicht sprechen und musst in der Zeit sechs Hemdchen aus Sternenblumen zusammennähen.‹« Er sah mich triumphierend an: »Sternenblumen. Und nähen, nicht stricken.«

»Irgendwer«, sagte ich, »hat aber Nesselhemden gestrickt, da bin ich mir ganz sicher. Schlag nach bei Andersen.«

Konrad schlug also nach bei dem dänischen Dichter und fand in dessen Schwanenmärchen tatsächlich die Nesselhemden, dazu aber nicht sechs, sondern elf wilde Schwäne; und das Mädchen sei, wie er sich gleich gedacht hätte, natürlich nicht in einem hohlen Baum gesessen, sondern in einer Höhle. »Die Nesseln«, teilte er mir mit, »aber nur solche, die auf einem Friedhof gewachsen sind, ›müssen mit nackten Füßen gebrochen, und das grüne harte Garn muss gewunden und gebunden werden‹. Von Stricken steht da nichts. Kannst du Nesselgarn winden und binden?«

»Nein. Einmal, weil Brennnesseln brennen, und dann, weil ich im Handarbeitsunterricht immer eine Fünf hatte. Außerdem: Müsste, geht es doch um deine Erlösung, nicht Schnuff winden und binden?«

»Stimmt. Aber ich will ja gar nicht erlöst werden, das wäre also vergebliche Liebesmüh.«

»Vielleicht wird andersrum ein Schuh draus«, sagte ich, »und Schnuff bedarf der Erlösung. In diesem Fall müsstest du, lieber Konrad, die Nesseln mit nackten Füßen brechen und dann das harte grüne Garn binden und winden, was deinen edlen Füßen schlecht bekäme.«

Dies bedenkend entschied Konrad, Erlösungen kämen nicht in Frage. Es müsse einen andern Grund für Schnuffs Schweigen geben. »Vielleicht –«, er sah seinen Kater kummervoll an, »vielleicht ist er, sagen wir mal, halt doch minderbegabt.«

»Du meinst, er ist blöd?«

Schlumpel, die bisher ebenfalls den Mund nicht aufgetan hatte, verkündete, Schnuff sei zwar ein Kater, aber blöd sei er nicht. Wenigstens nicht in dem Sinn, den Konrad meine.

»In welchem Sinn dann?«, fragte Konrad.

Schlumpel behielt den Sinn für sich und

schleckte sich den Hintern, was Konrad völlig zu Recht als Zeichen fehlenden Respekts seiner Person gegenüber deutete. Da er Anzeichen einer gelinden Raserei zeigte, brachte ich ihm zur Besänftigung einen Calvados. Er stürzte ihn auf einmal hinunter und sah aus, als werde er gleich das Schnapsglas an die Wand schmeißen, weshalb ich es ihm schnell aus der Hand nahm, weil es das letzte von den sechsen war, die ich mal in den Ferien auf einer Versteigerung im normannischen Städtchen Lamballe für ein paar Francs erworben hatte. Aus diesen altmodisch geschliffenen Gläsern trinken wir grundsätzlich nur normannischen Calvados. Einmal haben wir Birnenschnaps daraus getrunken, und da ist ein Glas zersprungen.

Ich mahnte zur Geduld. Konrad erklärte, Geduld sei was für Engel, und er sei nun mal kein Engel, was ich bestätigen kann. Schnuff tatzelte nach Konrads neuer Armbanduhr, die dieser seit zwei Wochen trug, ein Werbegeschenk von der ZEIT. »Wir könnten ihn – Schnuff – meistbietend versteigern«, schlug ich vor.

»Den nimmt doch keiner«, sagte Konrad düster. »Wo er doch nichts sagt.«

Ich erklärte, das sei allgemein üblich zwischen Mensch und Katz. Nur mein Stoffele und meine Schlumpel hätten mich bisher der

Anrede gewürdigt, die Nachbarskatzen täten dies nicht.

Konrad fragte Schnuff kummervoll, ob er es vorzöge, in ein anderes Haus zu kommen und dort womöglich zu verkommen.

Schnuff zog es vor, ausgiebig zu gähnen, sich einzurollen und auf Konrads Schoß ein Nickerchen zu machen. Was dieser als Zeichen dafür sah, dass Schnuff seine Zelte keineswegs woanders aufschlagen wolle.

»Vielleicht stimmt was nicht mit seinen Stimmbändern«, mutmaßte er. »Morgen gehst du mit ihm zum Tierarzt.«

»Das werde ich nicht. Was glaubst du denn, was der mit mir macht, wenn ich ihm sage, dass Schnuff nicht spricht? Außerdem: Gestern hat Schlumpel ihm eine gefetzt, und da hat er ganz schön gejault. Seine Stimmbänder sind in ausgezeichnetem, altersgemäßem Zustand.«

Konrad raunzte Schlumpel an und befahl ihr, seinen Schnuff gefälligst freundlicher zu behandeln. Schlumpel raunzte zurück, er solle sich aus Schnuffs Erziehung gefälligst heraushalten, der brauche gelegentlich eine harte Pfote. Bevor die beiden einander an die Gurgel gehen konnten, besänftigte ich Schlumpel mit einem lieben Lächeln und Konrad mit einem Katzengutsel – es kann auch umgekehrt gewesen sein –, was aber nur bewirkte, dass Konrad sich die Zeitung schnappte und sich grimmig in die Lektüre versenkte. Er fand sofort fünfzehn Druckfehler und einen Fehler in der Schachaufgabe. »Matt in drei Zügen, das geht ja gar nicht«, sagte Konrad, nachdem er die Schachaufgabe zwei Stunden lang zu lösen versucht hatte, und er schickte eine erboste E-Mail an die ZEIT-Redaktion, die ihn aber, wie Schnuff, keiner Antwort würdigte.

Der hockte stumm auf dem Fensterbrett und wirkte meditativ.

Schnuff spricht

Pfingsten, das liebliche Fest, war gekommen; es grünten und blühten Feld und Wald; auf Hügeln und Höhen, in Büschen und Hecken übten ein fröhliches Lied die neuermunterten Vöglein …«

So Goethe im ›Reineke Fuchs‹.

Nicht so Schnuff. Ein fröhliches Lied erwartete ja keiner von ihm, aber nach acht Monaten dürfte er, so fand ich, schon mal den Mund aufmachen. Quietschen und jaulen kann er ja, auch schnurrt er wie ein Alter, aber sonst – kein Wort.

So ging das nicht weiter. Wenn Bastet es nicht für nötig hielt, einzugreifen, musste halt ich die »dea ex machina« spielen, die, wie in den alten griechischen Theaterstücken, alles zum Guten lenkt.

»Schnuff«, sagte ich sanft, aber bestimmt, »hör mal zu!«

Schnuff hockte auf dem dicken Kaminbalken, schob Konrads Medikamentendöschen hin und her und bewegte leicht die Ohren. Schlumpel fläzte sich auf Konrads linkem Lautsprecher.

»Komm mal her zu mir!«

Vom Herkommen hielt er gar nichts. Er fetzte dem Döschen eine, das Döschen stürzte vom Kaminbalken und kullerte unter den Sessel. Ich setzte ihm nach, aber es kullerte so weit, dass ich es erst mit einem Kleiderbügel wieder hervorholen konnte. »Ich hab ein Wörtlein mit dir zu reden.« Ich stellte das Döschen wieder an seinen Platz.

Was ich mit Schnuff zu besprechen hatte, interessierte ihn einen Hafenkäs. Er suchte nach einem neuen Spielzeug und fand es in den Serviettenringen, die ich hinter der Azalee versteckt hatte. Ich nahm sie ihm weg und streichelte ihn. In seine Äuglein kam ein gieriges Funkeln, als er den kleinen, aus schwarzem Onyx geschnittenen Kater sah, der an einem Silberkettchen an meinem Hals hing. Ein Geschenk von mir an mich selbst.

»Das ist Stoffele«, sagte ich. »Der konnte vielleicht reden!«

Schnuff hob die Pfote und tatzelte nach Stoffele.

»Wie ein Buch konnte der reden.« Ich setzte mich auf den Musiksessel, warf Stoffele nach hinten, nun baumelte er auf meinem Rücken.

Schnuff sprang auf den Sessel, überkletterte mich, stieg auf die Rückenlehne und suchte Stoffele, der aber schon wieder in meiner Halsgrube hing. Ich packte Schnuff am Kragen, setzte ihn auf meinen Schoß und machte ein Gesicht, von dem ich hoffte, es wirke pädagogisch.

»Seit du hier bist, bei Schlumpel, Konrad und mir, hast du keinen Piep gesagt. Ein unhaltbarer Zustand. Auch Schlumpel spricht mit mir, und sogar mit Konrad, wenn sie Lust dazu hat, was allerdings nicht immer der Fall ist.«

Schnuff grabschte abermals nach Stoffele.

»In diesem Hause gehört es zum guten Ton, miteinander zu reden. Es sei denn, man kann nicht. Wenn du nicht kannst, dann sag es gefälligst!«

Schnuff legte den Kopf schief und machte ganz große Augen.

»Oder man will nicht.«

Schnuff legte den Kopf andersrum schief und vergrößerte seine Augen noch mehr.

»Unter uns: Kannst du nicht oder willst du nicht?«

Sowohl Schnuffs Schnauzwinkel als auch Schnuffs Schwanzspitze drückten sich nicht eindeutig aus.

»Konrad, dein Ernährer, der dich in dieses Haus gebracht hat, siecht dahin. Er liebt dich und tut alles für dich. Wenn er dahingesiecht ist, hat keiner von uns dreien was davon.«

Schnuffs Schnurrbarthaare zitterten.

»Dann bringt uns niemand mehr Leckerli mit.«

Schnuff schleckte sich die Schnauze.

»Bedenke das, bitte, bevor du beschließt, uns weiterhin anzuschweigen.«

Schnuffs Schwanz beklopfte die Sessellehne.

»Aber bedenk es nicht allzu lange, heute Abend kommt er nämlich.«

Schnuff kratzte sich ausgiebig hinterm Ohr.

Um meinen Worten noch mehr Nachdruck zu verleihen, sagte ich feierlich: »Und bewahre das in deinem Herzen! Amen!«

Schnuff stieg von mir herunter, sprang auf den Couchtisch und rollte sich, wie er es gern tut, auf Konrads Kissen zusammen. Natürlich pflegt Konrad nicht auf dem Couchtisch zu sitzen, er sitzt auf dem Sofa, aber er liebt es, seine Füße auf selbiges Kissen zu legen. Ob er – Schnuff – meine Worte bedachte oder einfach nur ein Nickerchen machte, kann ich nicht sagen.

Er sagt ja nichts.

Mit dem Abend kam Konrad. Nach dem Mahl – einem köstlichen Coq au Vin – forderte er Schlumpel auf, ihren Platz auf der Couch ihm zulieb zu räumen, setzte sich und legte die Füße auf sein persönliches Kissen. Schnuff sprang auf seinen Schoß und sah ihn freundlich und erwartungsvoll an – vermutlich hoffte er auf ein Mitgebringsel.

Konrad strich ihm gerührt über die Ohren. »Ich glaub, er liebt mich halt doch. Ach, wenn er nur was sagen würde. Aber ich glaube, da wart ich vergeblich. Und du?«

»Man soll die Hoffnung nie aufgeben. Denk dran, was Schiller vom Menschen sagt: ›Noch am Grabe pflanzt er die Hoffnung auf.‹«

So lange wolle er aber nicht warten, sagte Konrad. »Und du, Schlumpel, was glaubst du?«

Schlumpel, nun auf meinem Fernsehsessel, gähnte, wohl wissend, wie man Konrad auf die Palme bringt.

»Wenn man jemanden fragt«, sagte der gereizt, »kann man ja eine anständige Antwort verlangen, oder?«

Worauf Schlumpel gleich noch mal und viel ausführlicher gähnte.

»Aber es gibt ja Katzen, die kriegen den Mund – das Maul – die Schnauze nicht auf.«

»Kater.«

»Was hast du gesagt, meine Liebe? Und wieso ›Kater‹? Deine Stimme klingt irgendwie komisch.«

»Ich hab gar nichts gesagt«, sagte ich, »und schon gar nicht komisch.«

»Dann war's Schlumpel.«

Schlumpel erklärte patzig, sie habe ebenfalls nichts gesagt, und das auch nicht komisch. Sie habe nur gegähnt, und das anständig. Sie gähne nämlich immer anständig. Im Gegensatz zu Konrad, der neulich, wie ihr nicht entgangen sei, gegähnt habe, ohne seine Pfote vors Maul zu halten.

»Schnuff kann es ja nicht gewesen sein«, sagte Konrad. »Darüber müsstest du mal eine Geschichte schreiben: ›Die Katze, die nicht reden wollte‹.«

»Kater.« Die Stimme klang etwas rau, wie nicht richtig geölt. Eine Art Knirschen im Gelenk der Stimme.

Konrad sah uns an, als fühle er sich auf den Arm genommen.

»Das war wieder nicht ich«, sagte ich. »Und Schlumpel war's auch nicht.«

»Wer also?«, sagte Konrad. »Sollte es hier spuken? Ob der Geist deines seligen Stoffele sich einen Spaß erlaubt?«

Schnuff richtete sich auf, sah uns der Reihe nach bedeutungsvoll an.

Konrad erstarrte. »Kann es denn wahr sein? Schnuff, mein lieber Schnuff – solltest du – hast du –?«

Schnuff schleckte sich die Pfote und, nachdem jedes Härchen glatt lag – was etwas dauerte, denn er hat der Härchen viele, auch auf der anderen Pfote, die ebenfalls gründlich beleckt wurde –, quetschte er, weil aller guten Dinge nun mal drei sind, das eine Wörtlein heraus: »Kater«.

»Er war's! Er hat! Heureka!«

Was nicht ganz passend war, denn »Heureka!« hatte der alte Pythagoras gerufen, nachdem ihm in der Badewanne der Satz vom spezifischen Gewicht eingefallen war. Angeblich war er dann, immerzu »Heureka« schreiend, splitternackt durch die Straßen gerannt, um seine Entdeckung aller Welt mitzuteilen. Und ich war doch froh, dass Konrad sich nicht die Kleider vom Leib riss, um ganz Oberweschnegg die frohe Botschaft zu verkünden. Schließlich hatte nicht er was Spezifisches gefunden, sondern Schnuff: nämlich die Sprache.

Schnuff warf Schlumpel einen, wie mir schien, etwas ängstlichen Blick zu, dann, die Situation genießend, rollte er sich auf den Rücken, streckte alle viere in die Luft und sah Konrad so an, dass der seinen Bauch kraulen musste.

»Kater«, sagte Schnuff, und noch mal, mit wachsender Begeisterung: »Kater, Kater, Kater. Schnuff ist ein Kater, wo reden tut.«

»Gott sei Dank!«, sagte Konrad inbrünstig und vergaß ganz, Schnuff darauf hinzuweisen, dass »wo« zu Beginn eines Relativsatzes nicht geht, dass es heißen müsse: Schnuff ist ein Kater, der reden kann.

Ich machte ihn darauf aufmerksam, dass die Anrufung des lieben Gottes einem abgebrochenen Theologen und aufgeklärten Atheisten wie ihm nicht zustehe. »Wenn schon, dann bedank dich beim Heiligen Geist. Der pflegt an Pfingsten gelegentlich mundfaulen Leuten die Zunge zu lockern.«

»War doch nur eine alte Gewohnheit«, sagte Konrad. »Ist mir egal, wer ihm die Zunge gelockert hat. Wenn er nur endlich den Mund aufkriegt.«

»Es hat halt geschnackelt«, sagte ich. »Ein jedes Ding braucht seine Zeit. Es gibt eine Zeit des Schweigens, eine Zeit des Redens und eine Zeit des Schnackelns. Sagt der Prophet. Und Schnuff hat sich dran gehalten. Was sagst du dazu, Schlumpel?«

»Ich sag nix«, sagte Schlumpel ungnädig, zog mit wild bewegtem Schwanz ab und ward den ganzen Tag nicht mehr gesehen.

Vor Bastet stand am nächsten Morgen ein betörend riechender lilafarbener Fliederstrauß. Gruß von Konrad!

Neue Kater braucht das Land!

Die nächsten Tage vergingen mit Sprechübungen. Konrad, ganz in seinem Element, brachte seinem Kater solche unsterblichen Verse bei wie: »A, B, C, der Kater lief im Schnee …« oder: »Haarig, haarig, haarig ist« – nein, nicht die Katz, »haarig ist der Kater!« Und dann las er ihm ein paar Seiten aus den ›Lebensansichten des Katers Murr‹ von E. T. A. Hoffmann vor, ohne zu merken, dass Schnuff schon längst eingeschlafen war. Jedoch –

»Der Gebrauch des ersten Personalpronomens – nämlich des ›ich‹ – macht ihm noch Schwierigkeiten«, sagte Konrad besorgt. »Er redet von sich immer nur in der dritten Person. Glaubst du, das kriegt er noch hin?«

»Unser Herr und Heiland hat auch von sich in der dritten Person gesprochen«, sagte ich. »Der Menschensohn wird auf den Wolken des Himmels hergefahren kommen. Oder so ähnlich. Bei Gott und einer Katz ist alles möglich. Das erste Personalpronomen wird schon noch kommen. Muss ja nicht auf den Wolken des Himmels sein.«

»Und wenn es nicht kommt?«

»Dann soll es bleiben, wo der Pfeffer wächst.«

Schlumpel, auf ihrem Aussichtsplatz auf der Fensterbank, hatte Konrads Bemühungen irgendwie muffig mitverfolgt. Katzen verfügen ja, jeder Katzenmensch weiß das, über die Gabe, Gefühle mit den Ohren, der Schwanzspitze, der Haltung sowie der Stellung ihrer Pfoten auszudrücken. Sie lag nicht bequem, sondern hatte eine Art Kauerstellung eingenommen und die Pfoten eng nebeneinandergestellt, was wir die Motz- und Meckerhaltung zu nennen pflegen.

Ich strich über ihr weiches rotes Fell. »Sag mal, Schlumpel, weißt du vielleicht, warum Schnuff uns so lange angeschwiegen hat?«

Schlumpel drehte sich von mir weg und wirkte weiterhin muffig.

»Du bist doch eine gescheite Katze.«

Schlumpel legte die Ohren nach hinten und wollte keine gescheite Katze sein.

»Eine blitzgescheite Katz bist du. Glaub's nur. Konrad sagt das auch immer.«

Einem solchen Lob ist schwer zu widerstehen. Schlumpel gab ihre Motz- und Meckerhaltung auf, setzte sich hin, rieb den Kopf an meiner Hand und zwickte die Augen zu, wie immer, wenn man was Nettes über sie sagt.

»Du weißt es also?«

Schlumpel machte ein Unschuldsgesicht.

»Dein Schwanz zuckt und sagt mir, dass du schwindelst.«

Schlumpel legte die Pfote auf den Schwanz.

»Also gib's zu! Du weißt es.«

»Klar«, sagte Schlumpel, machte einen langen Hals und beroch den Fliederstrauß, den Konrad mir mitgebracht hatte, aus Paritätsgründen, damit ich Bastet den ihren nicht neidete.

»Und warum hast du's nicht gesagt? Du hättest Konrad manches graue Haar erspart.«

»Hat mich ja keiner gefragt.« Schlumpel nieste.

»So ein Miststück!«, sagte Konrad.

»Stimmt aber«, sagte ich zu ihm, »gefragt haben wir Schlumpel nie.« Und zu Schlumpel: »Jetzt frag ich aber. Warum hat er nie was gesagt?«

Schlumpels Kopf guckte zwischen zwei weißen Fliederdolden heraus, was hübsch aussah. »Er hat nicht gewollt.«

»Nicht gewollt? Und wir haben gedacht, er kann nicht reden.«

»Der kann.«

»Aber erst ab heute.«

»Der hat schon vorher gekonnt.«

Konrad geriet zunehmend in Rage. »Was soll das denn? Warum hat er nicht gewollt?«

Für Schlumpel sind Konrads Ragen immer ein Quell der guten Laune. »Weil er Schiss gehabt hat.« Sie pfotete ein paar heruntergefallene Fliederblüten von der Fensterbank.

»Schiss? Vor wem denn?«

»Vor mir.« Sie schleckte sich den Rücken an einer Stelle, die nur eine Katzenzunge erreichen kann.

»Ganz ruhig bleiben, Konrad!«, sagte dieser zu sich selber, atmete dreimal tief durch und erklärte, er komme nicht mit.

Ich erinnerte mich an die Sache mit dem Vogelhäusle, in dem Schnuff mal eine ganze Nacht verbracht hatte, aus Angst, von Schlumpel handgreiflich darüber belehrt zu werden, welche Rangfolge beim Fressen einzuhalten sei. »Schlumpel! Was hast du ihm denn gesagt?«

»Hier red nur ich.«

»Wie bitte?«

»Ich hab zu ihm gesagt: Solange du die Pfoten unter meinen Tisch streckst, hältst du den Mund. Das hat er gleich kapiert. Er ist zwar ein Kater, aber so blöd ist er nun auch nicht.«

Sie folgte mit den Augen einer Hummel, die den Fliederstrauß umkreiste.

Konrad versagte vor Erschütterung über Schlumpels Erziehungsmethode die Sprache.

Schlumpel tatzelte nach der Hummel, was elegant aussah. Doch mir schien es, als gelte der Tatzenhieb eher Schnuff als der Hummel, die sich unwürdig rasch davonmachte.

»Aber warum sollte Schnuff nicht auch reden dürfen wie du?«, fragte ich.

»Weil er sonst denkt, er ist begleichrechtigt.«

»Ja, behauptest du denn, Kater seien das nicht?«

»Klar.« Schlumpel rieb den Kopf an meiner Hand und warf Konrad einen entsprechenden Blick zu. Mit entsprechend meine ich überlegen und provozierend zugleich, eine Mischung, die sie aus dem Effeff beherrscht.

Konrad meinte ganz kühl, obwohl innerlich vermutlich kochend, er wüsste gern, wie sie, Schlumpel, zu dieser undemokratischen Ansicht komme. Kater und Katzen seien – und wenn sie sich auf den Kopf stellte – nun mal gleichberechtigt.

»Nicht bei mir«, sagte Schlumpel. Und so blöd, einen Kopfstand zu machen, könne auch nur ein Mensch sein.

Konrad weigerte sich, diese Unterhaltung fortzuführen. Wir befänden uns schließlich nicht in einem Theaterstück von Ionesco, in dem solche absurden Gespräche gang und gäbe seien, sondern mitten im wirklichen Leben.

»Mein Stoffele hat das genau andersrum gesehen«, sagte ich. »Von wegen Gleichberechtigung. Für ihn waren Kater das Größte. Katzen sah er mehr in dienender Funktion, die waren hauptsächlich um seines Vergnügens willen da.«

»Das liegt an der Erziehung«, sagte Schlumpel. »Man muss den Katern rechtzeitig beibringen, wer das Sagen hat.«

»Und«, fragte Konrad, »wer hat das Sagen?«

»Die Katz.«

Das wollte Konrad nicht einsehen. »Im Grundgesetz steht es klar und deutlich, dass alle beide gleichberechtigt sind.«

»Du täuschst dich, lieber Konrad«, sagte ich.

»Ich täusche mich nie. Hast du ein Grundgesetz zur Hand? Natürlich hast du keins.«

Ich hatte eins.

Er las mir vor, Triumph in der Stimme: »Männer und Frauen sind gleichberechtigt. Na?«

»Männer und Frauen, steht da. Von Katern und Katzen kein Wörtchen. Für die gelten andere Grundgesetze. Ich will sagen, da gelten überhaupt keine Gesetze. Weil weder Katze noch Kater gewillt sind, sich an irgendwelche Gesetze zu halten, vor allem nicht an die, welche der Mensch gemacht hat. Der hat sie nämlich für seinesgleichen gemacht, nicht für Katzen.«

»Sag ich ja.« Schlumpel strich sich den Bart.

»Aber ein totales Redeverbot ist leicht übertrieben«, sagte ich. »Ich find es mutig von Schnuff, dass er sich endlich einen inneren Ruck gegeben und darüber hinweggesetzt hat.«

Konrad erklärte, dies zeige, dass Schnuff ein freiheitsliebender Geist sei, der sich nicht habe versklaven lassen von so einer Megäre. »Du warst, bist und bleibst eben ein Rabenaas, meine liebe Schlumpel.«

Das Rabenaas beknasperte seine auseinandergespreizten Zehen. »Der ist nicht mutig«, sagte sie. »Der hat sich bloß was gedacht.«

»So? Was denn?«

»Dresche oder Verhungern, das ist hier die Frage.«

»Aber Hamlet – ich meine, Schnuff – kriegt doch alles, was er braucht und was er will.«

»Er hat gedacht, unser Konrad versiecht.«

Konrad sagte, er denke nicht im Geringsten daran zu versiechen, und wenn er daran dächte, dann höchstens, sprachlich korrekt dahinzusiechen.

»Hat sie aber gesagt.« Schlumpels Pfote deutete auf mich. »Zu Schnuff.«

»Stimmt. Ich hab ihm am Freitag, bevor du gekommen bist, erklärt, wenn er nicht endlich den Mund aufbrächte, würdest du es nicht mehr lange machen. Aus Verzweiflung und bitterer Enttäuschung.«

Konrad war gerührt. »Er liebt mich also doch!«

»Und sie hat auch gesagt« – die Schlumpelpfote deutete wieder auf mich – »wenn der« – Pfote in Richtung Konrad – »gesiecht ist, ist's aus mit Leckerli und Glitzermurmeln und Quietschmäusen und all den feinen Sachen. Da hat Schnuff gedacht in seinem Katerkopf: Ein kaputter Konrad bringt mir nix mehr mit. Dann sag ich doch lieber was, damit unser Konrad sich freut und nicht kaputtgeht. Auch wenn ich Dresche krieg.«

Konrad knurrte etwas von einer materialistischen Einstellung, und so was hätte er nie von seinem Schnuff – und er müsse dringend an die frische Luft, sonst platze er.

»Unser Konrad platzt«, sagte Schlumpel in freudiger Erwartung zu mir. Ich erklärte, jetzt sei es genug des grausamen Spiels, ein geplatzter Konrad sei sicher kein erfreulicher Anblick und Schnuff werde nicht und von niemandem verdroschen. Er sei auch als Kater gleichberechtigt, was die Freiheit des Wortes einschließe.

Dann kriegte Konrad einen Anfall von Humor. Er ging vor Schlumpel in die Knie und sagte, fast wie Marquis Posa, mit edlem Pathos: »Madame, geben Sie Redefreiheit!«

»Ihr werdet schon sehen, was draus wird«, prophezeite Schlumpel. »Ein Kater wie alle anderen auch. Wo ich ihn doch fast so weit gehabt hab, dass er den Mund hält und spurt. Einen neuen Kater hab ich aus ihm machen wollen. Neue Kater braucht das Land!«

Konrad verkniff sich, auf meinen drohenden Blick hin, jeglichen antifeministischen Kommentar.

»Wir wollen aber keinen neuen Kater«, sagte ich, und Konrad erklärte, solche Experimente hätten bisher, die Geschichte zeige es, nie Positives bewirkt. Nur Geduld, Liebe und Nachsichtigkeit könnten etwas erreichen und aus dem alten Adam und dem alten Kater einen neuen machen.

Dann bekam ich einen Kuss, Schlumpel aber nicht.

»Amen«, sagte ich. »Ich billige Schlumpels rigide Methode ja keinesfalls, aber irgendwie kann ich sie auch verstehen. Stoffele hat ständig erklärt, dass ein Kater was Einmaliges, Besonderes und über einer Katze Stehendes sei, besonders wenn er schwarz ist und im Besitz eines weißen Schwanztüpfels. Und er hat auch immer ausdrücklich Wert darauf gelegt, als Kater angesprochen zu werden, was einem schon mal auf den Wecker gehen konnte. Meine Schlumpel hat den Spieß nur umgedreht.«

»Na ja, Hauptsache, Schnuff sagt überhaupt was«, sagte Konrad erschöpft, und dann brauchte er einen Kirsch. Ich brauchte auch einen. Schnuff, der gerade aufwachte, kriegte keinen Kirsch, sondern den gekochten Schinken, den ich eigentlich für einen Nudelauflauf ... Auf den Schinken könne er verzichten, sagte Konrad, die Freude über Schnuffs sprachliche Erweckung, aus welchem Grund auch immer, wiege durchaus einen schinkenlosen Nudelauflauf auf.

»Du lässt gewaltig nach, lieber Konrad«, sagte ich. »Zweimal auf – nein, das klingt nicht gut.«

»Sei nicht so pingelig!« Konrad hielt Schnuff noch eine Schinkenscheibe unter die Nase.

Schlumpel kriegte von mir drei.

Ein Zwerg muss her!

Er hatte sich also entschlossen, mit uns zu reden, und Schlumpel musste es wohl oder übel akzeptieren. Doch blieb Schnuff dabei, von sich in der dritten Person zu sprechen. Warum, weiß der Kuckuck, der Himmel oder die große Katzengöttin allein. Und seine Stimme klang weiterhin ungeölt, etwas rau und kratzig.

Schnuffs innige Zuneigung zu Konrad fand nun auch sprachlich ihren Ausdruck. Er spricht nämlich nie, wie Schlumpel, von unserem Konrad, sondern, in Anlehnung an das Vater unser, von Konrad unser. Nicht ganz unberechtigt, denn es ist ja Konrad, der ihm, in Form reichlicher Zuzahlung zum Haushaltsgeld, sein täglich Brot gibt. Der ihm seine Schuld vergibt, wenn er Theodor Wiesengrund, genannt Adorno, umgeschmissen, Walther von der Vogelweide mit den Krallen eins übergezogen oder Thomas Mann versabbert hat, was ich mir niemals leisten dürfte. Der, nicht immer bei uns weilend, sich oft woanders aufhält, womöglich in einer Art Himmel. Dessen Reich kommt –

wobei Schnuff das Wort Reich offenbar adjektivisch versteht, denn Konrad ist, wenn er kommt, reich bepackt wie ein Maulesel mit besonderen Büchsen, köstlichen Leckerli, frischem Rinderhack und Katzengutseln in allen Farben und Formen.

Und: Schnuff gebraucht gern das Wörtlein »tun«, weil er sprachlich halt noch nicht so versiert ist. Was seinen Worten etwas Kindliches gibt, aber zu ihm passt, denn Schnuff ist ja noch nicht ausgewachsen, der darf so reden.

»Schnuff will haben«, sagte Schnuff. Er saß auf dem Balkon neben der Schale mit den Fleißigen Lieschen und steckte die Nase hinein, weil er mitgekriegt hatte, was für ein hübsches Bild das ist. So hübsch, dass vor ein paar Tagen jemand ihn fotografiert und versprochen hat, er werde das Bild an ›Mein schöner Garten‹ sowie an den ›Literarischen Katzenkalender‹ schicken.

»Was willst du haben, Schnuff?«

»Einen Zwerg.«

Verständlich, dachte ich, das ist ja das Nächstliegende. »Was für einen Zwerg?«

»Einen Zipfelmützenzwerg.«

»Und wozu?«

»Zum Haben.«

»Aber was hast du von dem Kerl?«

Schnuff beschnuffelte ein paar heruntergefallene Lieschenblüten. »Seppi hat keinen Zwerg«, sagte er. »Wenn Schnuff einen Zwerg hat, ärgert sich Seppi. Und wenn der sich ärgert, tut Schnuff sich freuen. Drum will Schnuff einen Zwerg haben.«

»Wer hat ihm denn diesen Floh – diesen Zwerg – ins Ohr gesetzt?«, fragte ich Schlumpel, die vom Balkongeländer aus in den Garten hinunteräugte.

»Der Zwerg selber«, sagte sie. »Er steht vor dem Haus von unserer Eierfrau. Schnuff hat den Zwerg gesehen und ist ganz wild auf ihn. Ohne Zwerg, hat er gesagt, ist alles beschissen.«

»Schnuff!«

»Hat der Zwerg gesagt, nicht Schnuff. Er hat gesagt, er ist furchtbar wichtig. Schon wegen seiner Mütz. Nur ganz wichtige Leute haben eine Zipfelmütz. Alle nicht bezipfelmützten Leute sind blöd, sagt er. Und ohne ihn ist alles nix. Und ich hab gesagt, ohne mich ist alles erst recht nix. Und ob ihn vielleicht schon mal ein Dichter bedichtet hat, wie mich, einer mit grünen Haaren, und auf Französisch. Bodlär heißt der. Aber grüne Haare findet er blöd, von so einem tät er sich nie bedichten lassen.«

Schnuffs Schwanz peitschte ein bisschen hin und her. »Schnuff will einen Zwerg haben.«

»Der Zwerg ist überhaupt nicht wichtig«, sagte ich. »Der steht bloß herum und guckt zu, wie meine arme Eierfrau sich abrackert. Außerdem hat er –«

»Wanda«, sagte Schnuff.

»Wer ist Wanda?«

»Seine Frau«, sagte Schlumpel.

»Der Zwerg hat geheiratet?«

»Sie ist noch ganz frisch, hat er gesagt. Und auch ganz blau. Wie sein Spaten. Und hügelig.«

»Die muss ich sehen.«

Und ich ging mir die hügelige Zwergenfrau anschauen. Schlumpel begleitete mich, Schnuff zog uns voran mit zwerglüsternem Gesicht und freudig erhobenem Schwanz.

Das frischvermählte Paar stand im Vorgarten, Ringelblumen rechts, Rittersporn links; der Zwerg grinste uns an, wie immer, er ist nämlich ein Dauergrinser. Schnuff legte liebevoll den Schwanz, das Schwänzchen, um dessen Füsse und sagte: »Schnuff will den Zwerg haben.«

»Sag ihm«, trug ich Schlumpel auf, »ich gratulier ihm herzlich zur Hochzeit.« Dann beguckte ich mir seine Frau. Die war tatsächlich rundherum hügelig, trug die Nase hoch und in der Hand einen Schrubber, schien sehr selbstbewusst zu sein und erinnerte mich an die ›Fromme Helene‹ von Wilhelm Busch. Deren Kleid ist nämlich ebenso tief ausgeschnitten wie das von Wanda. Man kann fast zum Bauchnabel sehen.

»Wanda ist aber gar keine richtige Zwergenfrau«, sagte ich. »Die muss zu ihrem Zwergenmann passen. Eine anständige Zwergenfrau trägt eine Zipfelmütz, sonst ist sie keine, sondern irgendeine. Wanda hat ein Kopftuch auf mit einem Knubbel vorne.«

Schlumpel teilte dem Zwerg mit, er habe keine anständige Zwergenfrau.

»Was sagt er?«

»Er sagt, bezipfelmützte Zwergenfrauen sind das Letzte. So eine hätt er nie genommen, die hätt er irgendwo liegenlassen, wahrscheinlich links. Er sagt, die Zipfelmütz ist nur was für Männer, aus der Zipfelmütz sollen die Frauen sich bloß raushalten. Für die ist das Kopftuch da.«

»Aber der Zwerg ist doch kein Muselzwerg«, sagte ich. »Deren Frauen müssen Kopftuch tragen. Unsere deutschen Zwergenfrauen tragen, was sie wollen. Warum nicht auch mal eine Zipfelmütz. Und was meint Wanda, Schlumpel?«

»Wanda sagt, da wird er sich aber vergucken, sie hat keine Lust, sich krumm zu schaffen. Sie sagt, sie ist begleichrechtigt. Und sie tut immer nur, was sie will. Und das sowieso.«

Doch bevor die beiden Jungverehelichten

sich in die Wolle geraten konnten, kam auch schon unsere Eierfrau aus dem Stall, die für meine Schlumpel eine Schwäche hat. »Das ist die allerschönste Katz, die hier in Oberweschnegg die Kater aufmischt.«

Schlumpel, die das auch fand, zwickte ein paarmal die Augen zu und legte den Kopf schief.

»Sieht raffiniert aus. Und so modern!«

»Wieso modern?«

»Wegen der Farbe. Heut laufen ja alle rot herum. Meine Nichte auch. Und alle paar Wochen muss sie nachfärben, was ziemlich teuer kommt.«

»Wir färben nicht nach«, sagte ich, »wir sind von Natur aus rot.«

Dann bewunderte die Bauersfrau Schnuff. »Hübsches Kerlchen. Und so grau!«

»Das Graue hat er von den Kartäusern«, erklärte ich. »Er ist Konrads Kater und schon jetzt hochintelligent.«

»Dann haben Sie ja zwei gescheite Männer im Haus, Sie Ärmste! Mir reicht einer.«

»Ihre Wanda ist auch sehr ansehnlich«, sagte ich. »Wo stammt die denn her?«

»Vom Aldi. Mein Schwiegersohn hat sie mir geschenkt, und ich hab sie dem Zwerg geschenkt, weil der immer so unverheiratet geguckt hat. Die war vorher eine richtig fade

Person, aber ich hab sie umgestrichen. Und lackiert. Sie bäbbt noch.«

Schnuff beschnüffelte Wanda von vorn bis hinten und holte sich eine blaue Nase. Ich gratulierte der Bauersfrau zu ihren künstlerischen Fähigkeiten. »Da krieg ich jahrelang von Ihnen die Eier und weiß nicht, welche Begabung in Ihnen steckt. Sie sollten sich unbedingt mehr der kunstvollen Zwergenbemalung widmen, das ist ein weites und, wie ich glaube, noch unbeackertes Feld. Gibt's Eier?«

»Sie haben ganz recht. Wenn man so dahockt, den Pinsel in der Hand, und die Farbe tropft einem auf den Schuh, dann kriegt man das Gefühl, es gibt noch mehr in der Welt als Kühe melken und Stall ausmisten. Aber Eier gibt's nicht.« Sie deutete zum Holunderbusch, der in voller Blüte stand. »Sie wissen ja: Holunderblüt macht Hühner müd. Die Göckel übrigens auch, obwohl die ja nur auf der faulen Haut liegen.«

Schlumpel vergaß für kurze Zeit Wanda und den Zwerg, raste los und scheuchte einen Gockel, dem die Müdigkeit blitzschnell verging, ein paarmal um den Hollerbusch herum. Der Gockel rettete sich auf den Misthaufen, und Schlumpel verfolgte ihn bis hinauf, weshalb er wieder herunterflüchtete, Schlumpel auf den Fersen – nein, den bespornten Krallen, sich im

Hühnerhaus versteckte und von dort meiner Katze ein paar unflätige Wörter nachkrähte.

Schnuff beschnuffelte den vorbildlich aufgesetzten, geradezu klassischen Misthaufen.

»Das mit den müden Holunderblütenhühnern war letztes Jahr genauso«, sagte ich. »Lass das, Schlumpel! Diese Hühner, der Gockel eingeschlossen, sind tabu. Halt dich an die von nebenan, die scharren immer in unseren Rosen.«

»Meine Hühner«, sagte die Eierfrau, »befolgen streng unsere alten Bauernregeln. Die haben Sinn für Tradition. Da weiß man wenigstens, woran man ist, dass sie nicht aus Faulheit keine Eier legen oder aus Protest, weil ihnen das Futter nicht mehr schmeckt, sondern dass die Holunderblüt dran schuld ist. Obwohl sie gar keine deutschen Hühner sind, sondern aus Thailand kommen.«

»Brauchen Sie den Zwerg eigentlich?«, fragte ich. »Den würde ich Ihnen gern abkaufen. Unser Schnuff ist nämlich ganz scharf auf ihn.«

»Aber was will der mit einem Zwerg?«

»Er will, dass Seppi sich ärgert, weil der keinen hat. Dann kriegt er – Schnuff – ein sehr schönes Gefühl.«

»Tut mir leid, aber den muss er sich aus dem Kopf schlagen. Ich brauch den Zwerg zum Schaffen. Außerdem wär's nicht gut für ihren Schnuff.«

»Wieso?«

»Weil« – sie kam näher und flüsterte mir ins Ohr – »weil der Zwerg – also wie soll ich's sagen – nein, das könnt ich nicht verantworten.«

»Heraus damit!«

»Also wenn der nach Feierabend sein Bier kriegt, oder auch zwei, oder drei, dann fängt er an zu singen.«

»Aber das spricht doch nicht unbedingt gegen ihn. Wo man singt, da lass dich ruhig nieder, böse Zwerge singen keine Lieder.«

»Es handelt sich um sehr unanständige Lieder, wenn Sie verstehen. Richtige Sauereien. Hören Sie bloß!«

Was sie mir leise ins Ohr sang, war wirklich unanständig, weshalb ich es hier nicht wiedergeben will.

»Die zweite Strophe ist noch viel unanständiger. Soll ich –?«

Ich verzichtete und erklärte Schnuff, aus dem Zwerg werde nichts, weil der unbedingt bei seiner Wanda bleiben wolle. Schnuff, den ich auf den Arm genommen, aber gleich wieder abgesetzt hatte – »Du stinkst, Kerl!« –, erklärte mir, er wolle trotzdem den Zwerg haben. Samt Wanda. Was ich der Bauersfrau mitteilte.

»Ausgeschlossen. Aber dafür kriegt er was anderes.« Sie öffnete die Tür zum Hühnerstall, suchte herum und kam mit einem Ei in der

Hand wieder heraus. »Das allerletzte«, sagte sie, »es stammt noch aus der Vorholunderblütenzeit.« Für dich, Schnuff! Damit du blühst und gedeihst.« Und zu mir sagte sie: »Verkleppern Sie's mit ein bisschen Sahne, das ist gut fürs Fell.«

Schnuff strich um sie herum, rieb den Kopf an ihrem Bein, dachte vermutlich, lieber das Ei im Schüsselchen als den Zwerg auf dem Dach und vergaß diesen auf der Stelle.

»Hoffentlich klappt's.« Die Eierfrau nickte dem jungen Paar zu.

»Was soll klappen?«

»Mit dem Nachwuchs. Wir brauchen dringend noch ein paar Helfer. Für meinen Mann und mich wird's langsam zu viel, und da haben wir gedacht, so ein paar junge, kräftige, arbeitswillige Gartenzwerge – einer mit Rechen, einer mit Mistgabel und ein Schubkarrenzwerg, das wär schön.«

Was ist Zeit?

Was ist das?« Schnuff tippte mit der Pfote auf meine Uhr.

»Das ist eine Uhr.«

»Was tust du damit machen?«

»Ich schau manchmal drauf.«

»Warum?«

»Damit ich weiß, wie spät es ist.«

»Es ist gar nicht spät. Erst Morgen. Die Morgen sind immer früh dran.«

Das musste ich zugeben.

»Tut sie auch sagen, wie früh es ist?«

»Natürlich. Zum Einkaufen ist's zu früh, weil der Laden noch geschlossen hat. Wenn du dabei sein willst, wie die Sonne aufgeht, ist's aber zu spät.«

»Und das zwischen früh und spät? Was gerade jetzt ist?«

»Auch. Sie sagt mir die genaue Zeit.«

Schnuff betrachtete die Uhr mit Misstrauen. »Und wenn sie schwindeln tut?«

»Es ist eine grundehrliche Uhr, die immer die richtige Zeit angibt.«

»Woher tut sie wissen, welche Zeit richtig ist?«

»Sie weiß es, weil es sich bei ihr um eine besonders gescheite Uhr handelt.«

Schnuff legte den Kopf schief und lauschte. »Gerade tut sie sagen, dass jetzt Kletterzeit ist. Schnuff will raus!«

Ich sah ihm durchs Fenster zu, wie er senkrecht den Stamm der Birke hinaufsauste, ganz wie Schlumpel es ihm vorgemacht hatte, und von einer Astgabel aus wilde Blicke um sich warf, was für mich eine Verschnaufpause bedeutete. Aber nur eine kleine. Nach zehn Minuten war er wieder da und nicht mehr wild. »Was ist Zeit?«

»Halt dich an Augustinus, der hat sich mal dazu geäußert.«

Schnuff hockte sich vor den Fernseher: »Was ist Zeit, August?«

»Ich meine nicht unseren dummen August, ich rede vom gescheiten heiligen Augustinus. Er sagt: ›Wenn mich niemand danach fragt, weiß ich es; will ich es einem Fragenden erklären, weiß ich es nicht.‹«

Schnuff schlenkerte abfällig die Pfote, eine Bewegung, die man keiner Katze erst beibringen muss, weil sie ihr angeboren ist. »Der ist blöd. Der weiß es nur nicht. Wie du. Sag ihm das!«

Ich versprach es.

»Was ist Zeit?«, fragte Schnuff unerbittlich.

»Zeit ist – frag was anderes.«

»Gibt's noch weiße Mäuse?«

»Drei sind noch da von gestern. Damit sie nicht abhauen, hab ich sie in den Kühlschrank gesperrt.«

»Schnuff will die Mäuse haben.«

»Ich hol sie dir.«

Die weißen Mäuse, sie bestehen aus Eiweißklößchen, setze ich Schnuff zulieb auf die Vanillesoße – ja, Schnuff ist wild auf Vanillesoße, er stupst sie mit der Pfote an, drückt sie unter die Soße, und wenn die armen Mäuse ersoffen sind, werden sie, da ist Schnuff unbarmherzig, auch noch gefressen.

Die Vernichtungsorgie dauerte fünf Minuten.

Schnuff schleckte sich die Schnauze und sah mich nachdenklich an. »Was ist Zeit?«

»Zeit ist – also die Zeit – die läuft.«

»Wohin läuft sie?«

»Mal hierhin, mal dorthin.«

»Kann sie auch auf einen Baum klettern, wie Schnuff?«

Darüber hatte ich bisher nicht nachgedacht, obwohl es doch keine ganz unwichtige Frage ist, wie sich die Zeit die Zeit vertreibt. »Ja, wer das wüsste!«

»Fängt die Zeit Mäuse, wie Schnuff?«

Das glaubte ich eher nicht. Wenigstens hat, soviel ich weiß, noch niemand die Zeit bei dieser Tätigkeit beobachten können.

»Wo geht sie denn nun hin, diese komische Zeit, die gar nix kann?«

Ich zuckte mit den Schultern. Als ich Schnuffs verächtlichen Blick bemerkte, wusste ich es aber doch, man will ja nicht immer als Depp dastehen. »Jetzt fällt's mir ein«, sagte ich. »Die Zeit geht ins Land.« Ich gratulierte mir selber zu dieser Antwort.

»In welches?«

»In die Garage. Ich mein, ich geh in die Garage. Die Hupe am Auto hupt nicht mehr.«

»Vielleicht hat sie keine Lust und will mal was anderes machen.«

»Als Hupe hat sie zu hupen. Das Auto war beim Tierarzt.«

»Hat es Würmer? Wie Schnuff?«

»Ich meine, es war in der Inspektion. Das ist, wie wenn du oder Schlumpel zum Tierarzt müsst. Jedes Mal, wenn ich es wieder hole, ist zwar das Kaputte repariert, aber dafür etwas bisher Ganzes kaputt.«

»Bei Schnuff nicht«, sagte Schnuff stolz. »Schnuff ist ganz.«

»Gott sei Dank.«

Mit wieder vorbildlich hupender Hupe fuhr ich nach Hause. Schnuff hockte auf der obersten Treppenstufe. Wie lieb von ihm, dachte ich gerührt, dass er mich empfängt.

Schnuffs Interesse galt jedoch nicht mir, sondern immer noch der Zeit. »Woher tut sie wissen, wann sie kommen darf? Wann sie gehen soll? Wann sie dableiben kann?«

Ich verspürte den Drang, ganz schnell die Post aus dem Briefkasten zu holen. Schnuff folgte mir auf dem Fuß.

»Vielleicht hat sie auch eine Uhr«, vermutete er.

Das schloss ich aus. »Sie weiß es halt«, sagte ich. »Genauso wie die Sonne weiß, wann sie aufzugehen hat. Und der Mond, wann er Voll-, Halb-, Sichel- oder Neumond sein soll.«

»Woher weiß die Sonne, weiß der Mond das?«

»Das sind Naturgesetze. Auch die Zeit hält sich dran.«

»Warum tut sich die Natur auf die Zeit setzen?«

Ich ging in die Küche, Schnuff im Schlepptau.

»Wie wär's mit ein bisschen Hühnerleber?«, fragte ich, um ihn auf andere Gedanken zu bringen.

Nach einer Minute hatte ich kein Fitzelchen

Hühnerleber mehr und Schnuff kein bisschen andere Gedanken. »Wo kommen die her, wo die Natur sich draufsetzen tut?«

»Die Naturgesetze? Die fallen vom Himmel.«

Schnuff starrte zuerst ungläubig zum Himmel, dann auf mich.

Ich gab vor, dringend aufs Klo zu müssen. Dort saß ich längere Zeit.

»Wer tut sie runterschmeißen?«, rief Schnuff, der sich mit verschränkten Pfoten vor der Klotür niedergelassen hatte.

»Wie bitte?«

»Die natürlichen Gesetze. Du hast doch gesagt, die tun von oben runterfallen.«

Da es keinen Sinn hatte und auch keinen besonderen Spaß macht, stundenlang auf dem Klo zu sitzen, verließ ich es wieder.

»Du hast den Wasserfall vergessen!«

Schnuff ist begeistert vom Klo-Wasserfall, was unsere Wasserrechnung ziemlich erhöht. Ich ließ ihn rauschen. Dreimal. Dann überlegte ich, wo das Röhrchen mit den Librium-Tabletten sich versteckt haben konnte. »Vielleicht«, sagte ich, »hat er die Finger im Spiel.«

»Konrad unser?«

»Der bestimmt nicht. Der Teufel.«

»Warum?«

»Weil der drinsteckt.«

»In der Zeit?«

»In der schnell vergehenden Zeit, Eile genannt.«

»Woher weißt du das?«

»Von einem alten Sprichwort: Der Teufel steckt in der Eile, heißt es.«

Schnuff zog an meinen Haaren. »Du tust schwindeln.«

Ich fuhr auf aus tiefem Schlaf.

»Vorhin ist sie vorbeigerannt, die Zeit. Aber allein, ohne Teufel. Sie hat in Schnuff sein Körbchen geguckt und seine Nas zugehalten. Dann ist sie weiter. Und Schnuff ihr nach.«

»Ich schwindle nie, nur ganz selten. Und? Wo treibt sie sich rum, die Zeit?«

»Im Ofenloch.«

»Was macht die Zeit im Ofenloch?«

»Murmeln.«

Ich sah vor meinen geistigen Augen die Zeit, wie sie dasaß, den Kopf schwer in die Hand gestützt – sie glich auffallend Dürers ›Melancholie‹, nur dass die nicht im Ofenloch sitzt –, und geheimnisvolle Worte vor sich hinmurmelte. »Hast du verstanden, was sie gemurmelt hat?«

»Sie tut mit den Murmeln spielen.«

Das fand ich weder in Ordnung noch zeitgemäß. »Hat sie nichts Besseres zu tun?«

»Sie sagt, sie ist ganz verhetzt und sehr kribbelig. Dauernd muss sie rumrennen und vergehen und so, und weiß nicht mehr, wo ihr der Kopf steht.«

»Ich kann's ihr nachfühlen. Vermutlich hat sie auch eine Katze.«

»Kater!«, sagte Schnuff stolz. »Ein Teil von ihr ist immer schon weg, hat sie gesagt. Dann hat sie geseufzt. Ein anderer Teil hängt irgendwo rum und ist noch nicht da. Hier im Ofenloch hat sie ihre Ruh, sagt die Zeit. Hier tut sie, was sie will. Und alle können sie mal. Was können alle sie mal?«

»In Ruh lassen«, sagte ich. »Woher hat die Zeit die Murmeln?«

»Aus den Ohren und aus der Nas.«

»So, so!«

»Die Sekundenmurmeln fallen aus ihren Ohren, die sind winzig klein, die Murmelminuten aus den Naslöchern. Wenn sie zusammenstoßen, tun sie kichern, weil sie das lustig finden. Dann rollen sie rum. Überall. Und verstecken sich. Damit man sie sucht.«

»Und du, Schnuff? Was hast du gemacht?«

»Schnuff hat mitgemurmelt. Das Spiel geht so: Wer zum Schluss die meisten Murmeln hat, hat gewonnen.«

»Und? Wer hat gewonnen?«

»Schnuff«, sagte Schnuff stolz.

»Du? Gegen die Zeit? Gegen die verlieren wir alle.«

»Schnuff hat eine Murmel mehr gehabt. Weil er ihr eine geklaut hat.«

»Sekunde oder Minute?«

»Eine Minutenmurmel.«

»Schnuff! Genau diese Minute wird der Zeit morgen fehlen. Es handelt sich um die, die du brauchst, um eine halbe Dose Lachshäppchen zu verputzen. Bring sie sofort zurück ins Ofenloch!«

»Was hat sie gesagt, die Zeit?«, fragte ich.

»Sie hat gepennt. Schnarchen tut sie auch. Wie Konrad unser. Schnuff hat ihr die Murmel ins Nasloch gelegt. Sie hat nix gemerkt.«

»Na, das ist ja gerade noch mal gut gegangen.«

»Jetzt tut Schnuff alles von der Zeit wissen«, sagte er zufrieden. »Alles ganz einfach.«

Mein lieber Herr Einstein, dachte ich, hätten Sie, wie wir, einen Schnuff gehabt, hätten Sie sich den genialen Kopf nicht so zerbrechen müssen. Und eine Zeit, die sich ab und zu ins Ofenloch zurückzieht, wo sie stillvergnügt mit Murmeln spielt, ist doch viel sympathischer als eine, die sich erst ins Weltall schießen lassen muss, um dort relativ langsam vergehen zu können.

Abendlicher Routineanruf.

»Wie geht's denn so?«, fragte Konrad.

»Nichts Besonderes. Ich hab mir die Schulter ausgekugelt, Schlumpel musste der Magen ausgepumpt werden, und der Sturm hat das halbe Dach abgedeckt.«

»Sehr schön«, sagte Konrad froh. »Aber wie geht's –«

»Das Auto ist den Buckel hinuntergerollt und tut im Bach liegen.«

»Tut liegen? Ja, wie redest du denn!«

»Wie Schnuff. Das steckt an. Also: Mein Auto liegt im Bach.«

»Dann ist ja alles in Ordnung«, sagte Konrad. »Was macht mein lieber –«

»Ich bin in die Spitzhacke getreten.«

»Ausgezeichnet«, sagte Konrad. »Und mein lieber –«

»Schnuff weiß jetzt, was die Zeit ist. Wenn du kommst, wird er es dir erklären.«

»Ich tu kommen«, versprach Konrad.

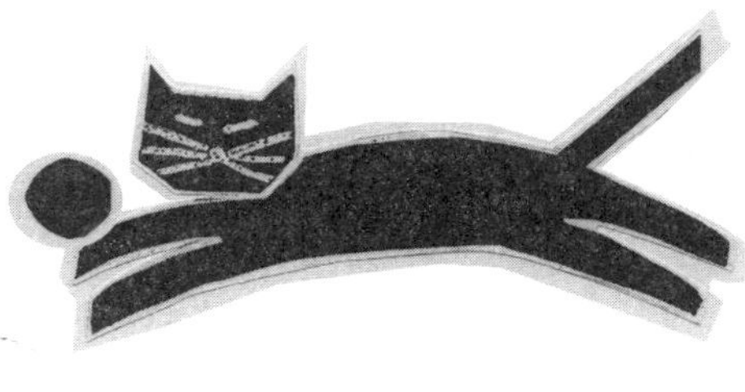

Harter Kern

Er kommt«, sagte Schlumpel.

»Wer kommt?«

»Unser Konrad.«

Wir beschauten vom Balkon aus die Gegend. Ich saß auf meinem Korbstuhl, Schnuff auf dem Tisch und Schlumpel lag, wie sie es gern tut, Müffchen machend auf dem breiten Geländer. Die beiden teilten mir mit, was unter uns zu sehen war, hatten sie doch die bessere Aussicht.

»Jetzt bleibt er stehn«, sagte Schlumpel.

»Warum?«

»Er schwätzt mit Seppi. Und der –«

»Was macht Seppi?«

»Haut ihm eine ans Bein.«

»Und Konrad?«

»Hebt den Finger und sagt was. Jetzt schimpft er.«

»Mit Seppi?«

»Mit dem Vogel, der gerade eine Nuss von unserem Nussbaum geholt hat. Der Vogel fliegt mit der Nuss in die Höh, dann noch höher, dann lässt er sie fallen –«

»Und dann?«

»Er tut rennen«, sagte Schnuff.

»Der Vogel?«

»Nein, Konrad unser. Aber der Vogel ist schneller, die Nuss ist kaputt, und der Vogel tut fortfliegen. Mit was im Schnabel.«

»Mit was im Schnabel?«

»Mit dem Innendrin.«

»Mit was für einem Innendrin? Du meinst wohl den Kern.«

»Was soll denn sonst innendrin sein?«, fragte Schlumpel. Das heißt, es war keine Frage, es war eine Feststellung meiner Beschränktheit.

»Jetzt ist er da«, sagte Schnuff.

Ich beugte mich über das Balkongeländer. Unter mir stand Konrad und erklärte, so gehe das nicht weiter.

»Was geht so nicht weiter, lieber Konrad?«

»Die fressen uns alle Nüsse weg.«

»Nicht die Nüsse«, sagte ich, »nur das Innendrin.«

»Das was?«

»Na das, was innendrin ist.«

»Den Kern?«

»Was soll denn sonst innendrin sein?«, fragte ich. Es war aber mehr eine Feststellung von Konrads Beschränktheit als eine Frage.

»Auf die bin ich auch scharf«, sagte Konrad.

»Nüsse enthalten viel Vitamin A, B, C, D oder E. Ausgezeichnete Gehirnnahrung. Verhindern Altersdemenz und so. Warum können die Viecher sich nicht mit den Schalen begnügen?«

»Das denken die bestimmt auch von dir«, sagte ich. »Außerdem wissen sie ebenfalls, wozu Nüsse gut sind. Und: Wer zuerst kommt, kriegt die Nuss. Samt Innendrinkern. Und sie sind raffiniert. Wegen der Gehirnnahrung. Viel raffinierter wie du.«

»Als du«, brüllte Konrad.

»Nein, nicht ich, du. Sie meinen schließlich dich, die Vögel.«

»Man muss erst die Nuss in den Fritzle tun und draufdrücken, und dann tut Fritzle den Innendrinkern hergeben«, sagte Schnuff.

Fritzle ist, dies zur Erklärung, unser Nussknacker, bei uns heißen alle, ob Mensch, Katz oder Ding.

»Wenn unser Konrad schlau wär wie so ein Vogel«, sagte Schlumpel, »tät er die Nuss holen und damit fortfliegen und die Nuss runterschmeißen und dann den Kern holen und fressen. Kann er aber nicht.« Sie guckte Konrad entsprechend an.

»Ich bin kein Vogel«, sagte Konrad beleidigt.

»Drum«, sagte Schlumpel.

»Was heißt hier ›drum‹?«, fragte Konrad.

»Drum muss der Fritzle den Kern aus der Nuss rausholen. Damit er ihn fressen kann.«

»Essen«, sagte Konrad. »Ihr fresst, wir aber essen.«

»Kommt aufs Gleiche raus«, sagte Schlumpel.

Ich schlug Konrad vor, ein Schild zu malen, NICHT FÜR VÖGEL draufzuschreiben oder NUR FÜR MENSCHEN oder auf die Schädlichkeit von Nüssen für alle, die Flügel haben, hinzuweisen, das Schild an einem Stecken zu befestigen und diesen vor den Baum zu stellen. Was Konrad albern fand. Dann kam er drauf, man müsse ein großes Netz über den Baum werfen, dann würden sie dumm gucken, die Vögel. Und die Nüsse blieben am Baum. Für ihn – für uns, meinte er. Und ich könnte endlich einen Hefezopf mit Nussfüllung backen, wenn er am Wochenende zu uns käme.

Ich fand die Idee im Prinzip ausgezeichnet, so recht seiner würdig, aber – »Woher kriegen wir so ein Riesennetz?«

»So was hat doch jeder Hochseefischer«, sagte Konrad.

Es gebe aber nur sehr wenig Hochseefischer im Hochschwarzwald, wandte ich ein. Was Konrad denn doch einleuchtete. Wir könnten ja die Nüsse vom Baum schütteln, meinte er, auf einem Tablett ausbreiten, dann könnten sie schön ausreifen, und kein auch noch so raffinierter Vogel käme mehr an sie ran.

»Nüsse sind keine Tomaten, die nachreifen«, gab ich zu bedenken. Konrad schlug nun vor, faule Heringe in den Baum zu hängen, das würde die gierigen Vögel mit Gewissheit abhalten, sich an seinen – unseren – Nüssen zu vergreifen.

Ich weigerte mich, faule Heringe aufzuhängen, des Gestanks und der Ästhetik wegen und aus Prinzip.

Konrad schlug Christbaumkugeln vor, Lametta, eine ausrangierte CD –

»Nein«, sagte ich.

Konrad dachte nach. Und kam auf Schlumpel. Die könne doch im Baum übernachten, besser gesagt: übertagen, und die Vögel Mores lehren.

Schlumpel weigerte sich und empfahl Konrad, selbst auf dem Baum zu hocken. Ich unterstützte sie und meinte, er gäbe eine ausgezeichnete Vogelscheuche ab. Was Konrad beleidigte.

»Konrad«, sagte ich, »ich werde es mit der Bibel halten und den Vögeln den Zehnten von meiner Nussernte überlassen. Die müssen ja auch leben.«

Doch Konrad bezweifelte, ob unsere Elstern und Raben den Zehnten ausrechnen könnten.

»Alle weg«, sagte Schnuff.

»Weg? Wer?«

»Alle Vögel.«

Konrad guckte zufrieden. »Na, Gott sei Dank.«

»Alle weg«, sagte Schnuff.

»Ja, das wissen wir nun.«

»Alle Nüsse weg«, sagte Schnuff. »Nix mehr da.«

Konrad knurrte etwas von einem seltsamen Humor seines Katers, stieg in sein Auto und fuhr davon, was Schlumpel zu der Feststellung veranlasste, jetzt sei auch unser Konrad weg.

»Konrad unser ist wütig«, sagte Schnuff. »Findet Schnuff lustig.«

»Der kommt schon wieder«, sagte ich.

So war es denn auch. Nach zwanzig Minuten war Konrad zurück. Mit zwei Spankörben voller Nüsse vom Bauernmarkt.

Alles verschachtelt

Ich lud die Müllsäcke ins Auto, die zwei Tüten mit den leeren Katzendosen, die kaputte Kaffeemühle, die leeren Flaschen, den ramponierten Blumenkasten, die Reste vom Teppichboden, und, und, und.

Das Auto schwer beladen, fuhr ich zum Recyclinghof, wo ich alles in den dafür vorgesehenen Containern entsorgte. Herr Schmid, Beherrscher und Oberaufseher des Recyclinghofes und Besitzer eines prachtvollen, Autorität ausstrahlenden wilhelminischen Schnurrbarts sowie einer langen Stocherstange, half mir bei der Beseitigung des maroden Zweitfernsehers – »Möcht bloß wissen, warum Sie zwei haben, einer reicht auch!« –, warf ein Bündel mit Konrads alten Hosen in den Kleidercontainer – »Die sind doch gewaschen?« –, dann die Plastiktüte mit den Schuhen – »Hoffentlich jedes Paar mit ordentlich zusammengebundenen Schuhbändeln? – Ja, was haben wir denn da? Nein, das geht aber nun wirklich nicht!« Er fischte die halbzerbrochenen Blumenkästen wieder aus dem Bauschuttcontainer, die müsse ich kostenpflichtig bei der Schadstoffsammlung entsorgen, da sei Asbest drin. Ich entschuldigte mich, warf meine alten Kartons in den Kartoncontainer und fuhr erleichtert nach Hause.

»Wo steckt Schnuff, Schlumpel?«

»Weiß nicht«, sagte Schlumpel. »Der pennt sicher irgendwo. Wahrscheinlich liegt er im Konradbett. Heute Morgen hat ein Schwanz dort rausgeguckt.«

Das mag Konrad, bei aller Zuneigung zu Schnuff, nun nicht besonders. Sein Bett gehöre ihm, erklärt er Schnuff immer wieder, er lege sich schließlich auch nicht in Schnuffs Körbchen. Aber wenn Konrad nicht bei uns weilt, drück ich ein Auge zu, ich kann ja auch nicht dauernd hinter seinem Kater herrennen.

»Wo zum Kuckuck steckt Schnuff, Schlumpel?«

»Das hast du schon mal gefragt«, sagte Schlumpel, die auf dem Küchentisch lag und gelbe Rüben hin- und herrollte.

»Pfoten weg! Er ist aber immer noch nicht da. Und in Konrads Bett liegt er nicht.«

»Vielleicht hockt er auf dem Kompost und hört den Schnecken zu, die sich Witze erzählen.«

»Die Schnecken? Witze?«

»Ja. Über dich. Und über das blaue Zeug, das du streust, damit sie nicht an den Salat gehen. Sie seien doch nicht blöd, sagen die Schnecken, drum fräßen sie das Zeug nicht.« Sie schubste eine weitere gelbe Rübe vom Tisch, die kullerte unter die Küchenbank, und ich hob sie wieder auf. Die nächste Rübe folgte und kullerte hinter den Abfalleimer. Ich hob auch sie auf, erteilte Schlumpel eine Verwarnung und lief zum Kompost. Aber da war kein Schnuff, da waren nur die Schnecken. Ich bildete mir ein, ein leises Kichern zu hören, und verwarnte auch die Schnecken.

Ich erinnerte mich an Schnuffs erstes Verschwinden, das Konrad mir sehr übel genommen hatte, und geriet nun doch in leichte Unruhe.

»Vielleicht hockt er auf der Weide und traut sich nicht runter«, vermutete Schlumpel. Aber da hockte niemand. Auch Schlumpels nächster Vorschlag, mal drüben beim Nachbarn zu gucken, dort mache er gern ein Nickerchen auf einem alten Kartoffelsack, war nicht hilfreich. Und auf des übernächsten Nachbars Auto, einem wichtig aussehenden Mercedes, lag er auch nicht. Ich bat Schlumpel, mal kurz einzuschlafen und zu träumen, denn letztes Mal hatte sie im Traum gesehen, wo Schnuff aufzufinden war. Schlumpel schlief ein, schlief lange, wachte wieder auf und wusste von nichts.

Das Telefon klingelte. Ich ging nicht ran, bestimmt war's Konrad, und ich hatte keine Lust, ihm zu erklären, dass Schnuff –

Mir war mulmig.

Ob ich wieder mal den heiligen Franz –? Der muss allmählich das Gefühl kriegen, ich hätte ihn abonniert.

In Waldshut sollen Katzenfänger unterwegs sein –

Es gibt Leute, Katzenhasser, die legen Gift –

Aber doch nicht hier bei uns –

Das Telefon klingelte schon wieder.

Lass das, Konrad! Bitte!

Es läutete an der Haustür. »Warum gehen Sie nicht ans Telefon?«, fragte Herr Schmid, »ich hab's ein paarmal versucht, aber Sie gehen einfach nicht ran. Wo Sie doch zuhause sind!«

Ich sagte, ich hätte aber die leeren Katzendosen sauber ausgewaschen und sogar die Socken gestopft für das Kleiderpaket. Und –

Hinter ihm stand ein Karton.

Ich wisse schon, sagte ich schuldbewusst, den hätte ich nicht zusammengefaltet, was ein anständiger Mensch tut, wie das Schild am Container für Kartons es mir befiehlt, weil dann sie, die Gemeinde, meine nicht weisungsgemäß zusammengefalteten Kartons selbst zusammenfalten müsse, was ihr und somit letztlich auch mir zusätzliche, unnötige Kosten verursachen würde. Aber deshalb brauche er doch nicht extra zu kommen. Ob ich ihn, also den Karton, schnell glattbügeln solle?

Er hob den Karton hoch und hielt ihn mir unter die Nase. Darinnen lag zusammengekringelt Schnuff, offenbar in bester Verfassung, uns freundlich anblinzelnd und ausgiebig gähnend.

»Wollen Sie ihn wieder oder soll ich den auch entsorgen? Ich könnt ihn auch behalten, so einer tät meiner Frau gefallen, die steht auf Grau. Mein Schnurrbart ist ja auch sehr schön grau.«

»Ja, prächtig«, sagte ich, »und äußerst würdig«, und bewunderte seinen Schnurrbart. »Der alte Kaiser Wilhelm hatte keinen schöneren.«

Den Kirsch, den ich ihm einschenkte, lobte Herr Schmid sehr. Alle loben unseren Kirsch, weil es der Kirsch aller Kirsche ist, der vom Bauern Indlekofer stammt, welcher ihn selber brennt, eine Medaille nach der anderen dafür einheimst und der mal gesagt hat, wenn ich ihn und seinen Kirsch in eines meiner Katzenbücher hineintäte, bekäme ich eine Literflasche geschenkt, ein Ansinnen, das ich selbstverständlich abgelehnt habe.

»Hab ich mir gleich gedacht«, sagte Schlumpel, »dass er wieder mal in so einem Karton rumliegt.«

Bei uns stehen nämlich Unmengen von Kartons in der Gegend. In allen Ecken stehen sie, denn Schnuff ist wild auf die Dinger. Sieht er einen Karton, zieht er sofort ein. Konrad hat mich beschworen, nur ja keinen von Schnuffs Kartons zu entsorgen, um dessen empfindlicher Seele keinen Schaden zuzufügen. Je größer Schnuff wird, desto kleiner sind die Schachteln, in die er sich hineinquetscht. Darin fühlt er sich am wohlsten. His box is his castle, wie der Engländer sagt. Das musste er auch heut Morgen gedacht haben, als ich, Konrads Abwesenheit nutzend, die Kartons ins Auto geladen und die Klappe zum Gepäckraum offengelassen hatte, um noch mehr Gerümpel zu holen. Ich hatte, ohne zu gucken, einen größeren Karton über den kleinsten gestülpt, in dem er es sich gemütlich gemacht hatte. Und Schnuff hatte keinen Mucks getan, kein bisschen protestiert, den Dingen ihren und dem Auto seinen Lauf gelassen.

»Schnuff«, sagte ich, »warum hast du nichts gesagt?«

»Schnuff tut gern autofahren«, sagte er mit gierig glänzenden Äuglein. »Schnuff tut gern in so einem kleinen Haus liegen. Schnuff hat geträumt.«

»So? Wovon denn?«

»Schnuff hat von einem kleinen Haus geträumt, in dem er schön schlafen kann. Dann ist er mit dem Hidigeigei geflogen, und Konrad unser ist auf einer blauen Wolke gesessen und hat dem Hidigeigei eine Trompete zugeworfen, und dann hat der Hidigeigei Trompete gespielt, und alle Wolken haben geheult, weil es so schön und so laut war.«

Schlumpel kam herein und war ganz nass. »Es regnet«, sagte sie. »Die Wolken heulen. Möcht bloß wissen, warum die so heulen. Wo gerade eben noch die Sonne gescheint hat.«

»Geschienen«, sagte ich.

»Du schwätzt ja schon wie unser Konrad«, sagte Schlumpel, sprang auf den Küchentisch und pfotete ein Radieschen herunter. Das brachte es fertig, eine Kurve zu rollen, wie ein Bumerang, dann verschwand es hinter der Kühltruhe.

Gruß von Konrad

Muss ich liefern ab ganz schnell«, sagte der Mann, warf das Ding in den Flur, kassierte meine Unterschrift, sagte »muss ich flitzen weiter schnell«, und flitzte schnell weiter.

»Was ist das?«, fragte Schlumpel, das Ding beschnuppernd. Es war ziemlich lang, ziemlich dick, ziemlich gut verpackt und fest verschnürt.

»Keine Ahnung.«

»Das ist aber rollig«, sagte Schlumpel. »Mal gucken!« Sie riss das Papier an einem Ende auf. Etwas Rotes sah heraus. Dann guckte Schlumpel am anderen Ende. Wieder rot. Ich entfernte das Papier. Schnuff kam angerannt, half beim Entfernen, gab dem Papier den Rest und machte mit sich selber eine Schnitzeljagd.

»Sieht aus wie ein Teppich«, sagte ich und entrollte das Ding.

Es war ein Teppich.

»Für mich«, sagte Schlumpel. »Zum Fläzen und Rollen und –«

»Für Schnuff«, sagte Schnuff und zog an der

Schnur, die an einer Ecke des Teppichs befestigt war und an der eine Karte hing. Auf der Karte stand: Gruß von Konrad!

Der hatte nämlich immer häufiger am Wohnzimmerteppich herumgemeckert, an den sich auflösenden Rändern, diversen Flecken, als deren Verursacher er uns alle drei vermutete. Schlumpel, weil sie gelegentlich eine ramponierte, noch etwas blutige Jagdbeute hereinschleppt, Schnuff, weil er ganz am Anfang nicht ganz dicht war, gespuckt hat er auch ab und zu, und mich, weil ich ab und zu auf eine mit Katzenblut vollgesogene dicke graue Zecke trete, die von Schlumpels oder Schnuffs Pelz abgefallen ist und die sehr hartnäckige und widerborstige Flecken macht. Etliche kleine Löcher sind auch drin, weil es bei einem Kaminfeuer manchmal Funken gibt, die sich nicht an die Vorschriften halten und Löcher in den Teppich brennen. Jetzt können sie das nicht mehr, weil Konrad eine geniale, jeden Funkenflug verhindernde Kamingittertür angebracht hat. »Das ist ein Geschenk unseres lieben Konrads«, sagte ich. »Für uns alle.« Ich sagte ausdrücklich unseres lieben Konrads, und nicht von unserem lieben Konrad, weil es mich betrübt, wie der Dativ dem Genetiv immer mehr den Garaus macht.

Der Teppich war großartig. Schön dick,

schön rot, ein warmes Rot, etwas dunkler als Schlumpels Löwenpelz, und schön groß.

»Da ist was drauf«, sagte Schlumpel. »Lauter kleine Sachen.«

Die kleinen Sachen entpuppten sich als sehr hübsche stilisierte Antilopen, Geißen und Pferdchen, die offenbar froh waren, nicht mehr zusammengerollt zu sein. Sie liefen am Rand entlang, machten Sprünge und …

»Die sagen was!«, sagte Schlumpel.

Schnuff beschnuffelte zunächst ausführlich den Teppich, dann, um besser zu hören, was die Pferdchen sagten, kroch er darunter.

»Was sagen sie denn, Schnuff?«

Der Teppich kriegte eine Beule, die Beule bewegte sich hin und her.

»Die sagen: Hallo Schnuff!«, sagte die Beule dumpf.

»Und was noch?«

»Die sagen: Wir haben Hunger.«

»Und was hätten sie denn gern?«

»So kleine runde Dinger.« Die Beule fuhrwerkte wild unterm Teppich herum.

»Er meint, sie meinen Hackbällchen«, half Schlumpel aus.

»Woher wissen die denn, was Hackbällchen sind?«, fragte ich.

»Sie sagen, sie haben geträumt von Hackbällchen«, sagte die Beule. »Jede Nacht.«

»Aha. Und wo soll ich die hernehmen?«

»Aus dem Kühlschrank«, sagte Schlumpel. »Ich geh schon mal vor.«

Sie ging also vor, ich ihr nach, gefolgt von Schnuff und einer ganzen Herde hübscher kleiner Geißen, Antilopen und Pferdchen. Ganz leer war er, der Teppich. Ich füllte das größte Schüsselchen – FÜR LIEBE GÄSTE steht drauf – und sah zu, wie es immer leerer wurde. Schlumpel half kräftig mit, und Schnuff, der grundsätzlich nichts verkommen lässt, schleckte das Schüsselchen sorgfältig aus bis auf den letzten Krümel. Dann waren die Bäuche voll, und alle marschierten wieder zurück; Schlumpel sprang auf den Musiksessel, Schnuff rollte sich im Bücherschrank zusammen, in der Lücke zwischen Kater Murr und Kater Hidigeigei, und die Herde verteilte sich auf dem Teppich, alle nahmen wieder ihre alten Plätze ein. Die Bäuche wirkten etwas runder als zuvor.

»Kann ja heiter werden«, sagte ich, »wenn die jedes Mal, wenn sie Hunger haben oder wenn es ihnen passt, einfach abhauen und sich weiß Gott wo rumtreiben. Und das Futter für eine ganze Herde – wer soll das bezahlen?«

»Konrad!«, sagte Schlumpel und schleckte sich die Pfoten.

Der Teppich sah prächtig aus.

»Sieht er nicht prächtig aus?«, fragte Konrad. »Ich hab noch hundert Euro runtergehandelt. Ein Schnäppchen. Aber für Euch ist mir nichts zu teuer. Wo ist mein lieber Schnuff?«

Ich deutete auf die Beule in der Teppichmitte. »Der erzählt ihnen was.«

» Wem?«

»Den Viechern auf unserem prächtigen neuen Schnäppchenteppich. Die sind nämlich ganz wild auf Geschichten.«

»So, so. Und was erzählt er ihnen gerade?«

»Was vom gestiefelten Kater«, sagte Schlumpel.

»Brav!«, sagte Konrad. »Die Liebe zur Literatur hat er von mir.«

»Fünf Büchsen haben sie weggeputzt«, sagte ich. »Du kannst das Kostgeld erhöhen.«

»Ich? Warum?«

»Wer hat uns diesen verfressenen Teppich ins Haus gebracht?«

Konrad kratzte sich hinterm Ohr. So hatte er sich das nicht gedacht. Aber es kam doch nicht so schlimm. Unsere Teppichbewohner stiegen von Katzendosen, die ihnen mit der Zeit langweilig wurden, auf geistige Nahrung um und gaben sich auch mit Geschichten zufrieden. Und die gehen uns nie aus und kosten nichts.

»Was machen Sie denn da?« Die Nachbarin stand in der Tür und sah entgeistert auf Konrad, der mitten auf dem Teppich lag und heftig herumfuchtelnd erklärte, wenn sie nicht gestorben seien, dann lebten sie heute noch.

»Er übt sich im Märchenerzählen«, sagte ich.

»In seinem Alter? Aber sonst geht's ihm hoffentlich gut?«

»Dieser unser Konrad erzählt uns dreien nämlich abends vor dem Schlafengehen gern ein Märchen.«

»Und warum?«

»Weil wir alle nicht ganz gebacken sind.«

»Apropos backen«, sagte sie, »könnten Sie mir ein Ei oder auch zwei leihen? Meine Eier sind nämlich ausgegangen, und ein Hefezopf ohne Eier ...«

Ich überließ ihr drei Eier.

»Schad!«, sagte sie.

»Was ist schad?«

»Dass mein Mann ganz gebacken ist. Ich komm heut abend mal kurz vorbei, wenn Sie nichts dagegen haben.« Und zu Konrad sagte sie: »Können Sie den ›Fundevogel‹? Bei dem hab ich schon als Kind immer heulen müssen. Auch heut muss ich das noch.«

Auf Konrads teilnehmende Frage nach dem Grund ihrer Heulerei fing sie prompt an zu schniefen; da gebe es diesen Satz, den das Lenchen zum Fundevogel sage, als sie in höchster Gefahr sind: »Verlässt du mich nicht, verlass ich dich auch nicht.« Darauf der Fundevogel: »Nun und nimmermehr.«

So einen Satz sage man heute kaum noch. Sie habe ihn mal zu ihrem Mann gesagt, als der … Und drum seien sie heute noch zusammen.

Den ›Fundevogel‹ könne er leider nicht, sagte Konrad, er wolle ihn aber lernen, schon dieses wunderbar unzeitgemäßen Satzes wegen.

Nachdenken über Schnuff

Die Zeit hatte für einige Zeit genug von uns, sie ging ins Land und ließ uns zeitlos zurück. Ein angenehmer Zustand, ganz ohne Hektik und Aufregung, den wir genossen.

Ich halbierte Hagebutten – selbst gesammelt! –, entkernte sie und dachte nach. Über Schnuff. Wobei ich mich dauernd kratzen musste. Nein, nicht Schnuffs wegen, der war vor einer Woche entfloht worden, wegen der Hagebutten, deren Kernchen so jucken. Als Kinder liebten wir es, uns diese Kernchen gegenseitig in den Kragen zu stecken. Doch zurück zu Schnuff.

Alle Katzenmenschen wissen: Jede Katze ist anders. Stoffele war gerissen, phantasievoll, der Münchhausen unter den Katern, dazu äußerst liebebedürftig und streichelsüchtig. Schlumpel ist eine blitzgescheite Katze, die mit allen vier Pfoten auf dem Boden der Realität steht, die weiß, was sie will, und es auch immer kriegt. Und Schnuff ist wieder anders. Nun, da er etwa ein Jahr alt ist, saust er nicht mehr wie als Katerkind durchs Haus, seine wahre Natur bricht durch, die, was Konrad erfreut, eine gemächliche ist. Er zeigt besinnliche Züge, liebt es, ab und zu ein Nickerchen zu machen, ist geradezu ein Genie im Herumfläzen – er meditiert, flüstert Konrad mir dann zu –, und das Prinzip der Gewaltlosigkeit hat er so verinnerlicht, dass er, anders als meine rauflustige Schlumpel, Händel lieber aus dem Weg geht.

Schnuff zieht sich, darin ein echter Kartäuser, immer mal wieder in Klausur zurück, wo er seine Ruh hat und seiner träumerischen und nachdenklichen Veranlagung frönen kann. Klausur – das sind die zahlreichen Bücherregale, mit denen die Wände unseres Hauses vollgestellt sind. Am liebsten liegt er in einem Sonnenfleck. Bücher, die ihm im Weg sind, pfotet er herunter, dreht sich ein paarmal um sich selbst, lässt sich schließlich umständlich nieder, knickt die Vorderpfoten um, Wohlbehagen ausstrahlend und inneren Frieden.

Der werde mal ein großer Denker, prophezeit Konrad. Ein Kater des Geistes. Ein Katerphilosoph.

Nur wenn ihm einer in der Sonne steht, bewegt er seinen Schwanz hin und her, als wolle er, wie der alte Diogenes zu Alexander dem Großen, sagen: Geh mir aus der Sonne!

Sagt man Schnuff etwas Freundliches, stellt er seinen Schnurrapparat an und wird zu einer kleinen Orgel. Er mag es, wenn man mit ihm spricht, besonders, wenn man ihn lobt. Wegen seiner Ohren, durch die die Sonne scheint, wegen seines weichen Pelzes, den man streicheln muss, seiner rosa Nase, auf die man tippt. Bei jedem Lobeswort zwickt er die Augen zu.

Schnuff ruht bevorzugt zwischen gescheiten Denkern und großen Dichtern. Was Konrad besonders begeistert, verbindet ihn doch mit dem Dichter Guillaume Apollinaire folgender Wunsch, den dieser in dem Gedicht ›Die Katze‹ ausgesprochen hat, das ich hier auf Französisch bringe. Für alle Liebhaber dieser melodiösen, klangvollen, anmutigen Sprache also:

Le chat
Je souhaite dans ma maison:
Une femme ayant sa raison,
Un chat passant parmi les livres,
Des amis en toute saison
Sans lesquels je ne peux pas vivre.

»Übersetz das mal, lieber Konrad!« und Konrad übersetzte:

Ich wünsche mir in meinem Haus
Eine vernünftige Frau,
Eine Katze, die zwischen den Büchern

umherschleicht,
Freunde zu jeder Jahreszeit.
Ohne all dies will ich nicht leben.

»Halt!«, sagte ich. »Die zweite Zeile übersetze ich anders als du. Meiner Meinung nach heißt das nicht ›eine vernünftige Frau‹, sondern ›eine Frau, die immer recht hat‹.«

Konrad verdrehte die Augen und erklärte meine Übersetzung für grottenfalsch. Im Sinne des Dichters heiße es höchstwahrscheinlich nun mal »eine vernünftige Frau«. Doch könne er nicht ausschließen, dass, genau genommen, »une femme, ayant san raison« auch mit »eine Frau, die ihre Existenzberechtigung hat, also einen Grund, da zu sein«, zu übersetzen sei.

Das, sagte ich, sei ein hanebüchener Blödsinn, denn eine Frau müsse ebenso wenig wie die Katze im Gedicht ihre Existenz rechtfertigen.

Was Konrad zugab, vor allem, weil er statt einer Bücherkatze einen kleinen grauen Kater zwischen den Büchern herumschleichen sah. Seinen Schnuff, auf den wir hiermit wieder zurückkommen.

Die Umschreibung mit »tun« hat er zwar noch nicht ganz abgelegt, aber Konrad ist guter Hoffnung, das werde schon noch. Und ganz vergeistigt ist er gottlob auch nicht, er ist durchaus auch diesseitig orientiert. Gestern fand ich ihn vor dem Kühlschrank sitzend und nachdenklich die Tür betrachtend. Er hat nämlich spitzgekriegt, wie ich das Hackfleisch hineingetan habe. Ich bin mir sicher, er dachte darüber nach, wie er sie aufkriegen könnte. Da fiel mir der Dichter Walter Helmut Fritz ein, der von seinem Kater erzählte, dieser könne die Kühlschranktür öffnen. Er springe hoch und drücke mit den Pfoten den Griff herunter. Als ich dem Dichter sagte, wie sehr mir das imponiere, gab er zu, er habe es nur erfunden, seinem Kater zulieb, der von allen Freunden seither sehr bewundert werde, schon selber an seine Fähigkeiten glaube und in Katzenkreisen herumerzähle, wie er die Kühlschranktür zu öffnen pflege.

Wie staunte ich nun, als Konrad – wir hatten Freunde eingeladen – mit viel Temperament und Sprachkraft diese Geschichte zum Besten gab. Nur, dass der gescheite Kater nicht des Dichters war, sondern sein Schnuff. Ein Strahl der Sonne, die von seinem tollen Kater ausging, fiel so auch auf ihn.

Ganz aus dem Häuschen ist Schnuff, wenn es Spaghetti mit Tomatensoße gibt. Nach dem Essen liebt es Konrad, ihm eine ganz lange Spaghettinudel vor die Nase zu halten und damit herumzuwedeln; Schnuff springt und tatzelt danach, und irgendwann überlässt Konrad sie ihm, worauf Schnuff die Beute abschleppt. Meistens vertilgt er sie sofort, aber gelegentlich finde ich auch unter der Truhe oder im Wäschekorb so eine Nudel, was, wenn noch Tomatensoße dranhing, für hübsche farbliche Effekte sorgt.

Manchmal hängt Schnuff seine rosa Zunge heraus, was nicht sehr geistvoll aussieht, aber Konrad meint, das werde sich bald legen. Auch Sokrates habe nicht besonders geistvoll ausgesehen.

Konrad und Schnuff ergänzen sich trefflich. Liegt Konrad in der Badewanne, nimmt Schnuff auf dem Wannenrand Platz und schaut interessiert zu, wenn Konrad mit dem großen Zeh den Wasserhahn betätigt und warmes oder kaltes Wasser nachlaufen lässt. Nicht einmal die langgestielte Bürste, mit der Konrad seinen Rücken schrubbt, vertreibt ihn von seinem Beobachtungsposten. Auch liebt er es, die kleinen farbigen Kügelchen, die Badeöl enthalten, eines nach dem andern ins Wasser zu schubsen.

Sitzt Konrad gedankenvoll am Schreibtisch, liegt Schnuff auf demselben, ebenfalls träumend oder sinnierend. Ob er das Gleiche denkt wie Konrad, bezweifle ich aber. Hat Konrad ausgedacht und will er das Gedachte aufschreiben, rollt Schnuff ihm den Stift zu. Und wenn Konrad mit dem Computer schreibt, ist Schnuff richtig selig. Mit zitterndem Schnurrbart verfolgt er fasziniert Konrads Finger, und wenn die eine Pause machen, hebt er die Pfote, haut in die Tasten und schreibt auf, was ihm durch den Kopf geht. Seine Texte, so Konrad, geben zu den schönsten Hoffnungen Anlass.

Künstlerkatzen

Seid ihr alle da?« Konrad blickte in die Runde.

Ja, wir waren alle da. Er saß auf der Couch, auf dem Schoß ein Buch. »Dann kommt mal her. Ich zeig euch was. Für dich, Schnuff!«

Schnuff erwachte auf der Stelle aus seinem Tiefschlaf, holte sich das Katzengutsel, mit dem Konrad ihn lockte, und ließ sich dann in Erwartung weiterer Köstlichkeiten neben ihm nieder. Schlumpel dachte nicht daran, herzukommen – was Befehle und Kommandos angeht, sind Katzen mit Ohrenstöpseln geboren –, sie guckte vom Lautsprecher neben der Couch auf ihn hinunter.

Das dicke Buch war ein Weihnachtsgeschenk Konrads. Es heißt ›Die Maler und die Katzen‹. Ganz vorne habe ich das wundervolle Bild hineingeklebt, das Lukas von Stoffele gemalt hat, und ich muss sagen, dass die anderen Bilder dem von Lukas an künstlerischem Wert nur wenig nachstehen. Enthält das Buch doch schöne, auch kuriose Katzendarstellungen und zeigt, dass Maler und Katzen oft innig miteinander befreundet waren, oder begeistert oder fasziniert.

»Du siehst hier, lieber Schnuff«, sagte Konrad, »Adam und Eva im Paradies, gemalt von Albrecht Dürer. Was siehst du noch?«

Schnuffs Pfote zeigte auf die Stelle unterm Apfelbaum, wo eine Katze kauerte.

»Und da stellen wir uns ganz dumm«, sagte Konrad, »und fragen uns, was eine Katze im Paradies zu suchen hat.«

»Ohne Katze«, sagte ich, »wär das Paradies kein Paradies.«

Und Schlumpel, vom Lautsprecher herunter: »Irgendwer muss ja dafür sorgen, dass die Paradiesmäuse nicht müpfig werden.«

»Falsch«, sagte Konrad. »Im Paradies wird niemand gefressen. Im Paradies ernährt man sich vegetarisch. Wie ihr an der Maus sehen könnt, die vor der Katze hockt und weiß, dass ihr kein Härlein gekrümmt wird. Und es sehn sich freundlich an Katzenfrau und Mausemann. Oder Mausefrau und Katzenmann, wie Wilhelm Busch wohl gesagt hätte. Und diese Paradieskatze ist auch ein Symbol, wie die andern Tiere. Wie der Elch hinterm Baumstamm, der Ochs hinter Eva und der Hase hinter der Katze.«

»Und wozu hocken diese Symbole im Paradies?«, fragte ich, um Konrad eine Freude zu machen, liebt er es doch sehr, einem etwas zu erklären.

»Weil sie die vier Temperamente des Menschen symbolisieren«, sagte Konrad weise. »Der Ochse den trägen Phlegmatiker, der Hase den Sanguiniker, der Elch den trübsinnigen Melancholiker und die Katze den temperamentvollen, leicht in Rage zu bringenden, kratzfreudigen Choleriker. Beziehungsweise die Cholerikerin.« Er sah zu Schlumpel hinauf, dann hob er den Finger, den ich heut Morgen verpflastert habe, mit dem er, rein freundschaftlich, wie er betonte, Schlumpel an die Nase gestupst hatte, was diese unfreundschaftlich nicht goutiert hatte.

Schlumpel hob die Tatze und schlug nach ihm, aber da ein Meter zwischen ihnen lag und da er ihr am Nachmittag ein Leckerli mitgebracht hatte, war das eher symbolisch gemeint.

»Dann ist Schnuff aber aus der Art geschlagen«, sagte ich, »der gleicht eher dem phlegmatischen Ochsen.«

Denn Schnuffs Interesse an bildender Kunst hielt sich in Grenzen. Und nicht nur dies. Schnuff pflegt, seit er, wenn ich mal so sagen darf, seinen Kinderschuhen entwachsen ist, den Anforderungen des Lebens gern mit einem Nickerchen zu begegnen. In diesem Fall den Anforderungen, die der kunstsinnige Konrad an ihn stellte. Was Schlumpel etwas drastischer ausdrückte: »Schnuff pennt schon wieder.«

Schnuff lag ungerührt da, den Kopf auf Konrads Knie gedrückt, und schnarchelte selig vor sich hin.

Ganz anders das Katzentier auf dem Bild, das auf einem Fensterbrett hockte, hinausblickte auf das Menschengewimmel in der Straße unten und das Konrad als Kater identifizierte, obwohl es ebenso gut eine Katze hätte sein können. Es war eine Zeichnung von Sempé – das ist der mit den beiden sich in den Haaren liegenden Engeln in der Geschichte ›Von Engeln und Kringeln‹, einem Katzen- und Menschenversteher par excellence, in dessen Bildern oft viel drauf ist, und das Viele nur wegen einer einzigen Katze, die irgendwo am Rand umherschleicht oder der katzengöttlichen Ruhe pflegt, auch wenn um sie herum der Teufel los ist, oder die einfach nur dahockt wie hier auf dem Fensterbrett und sich ihre Katzengedanken macht, die, man ahnt es, nicht immer sehr schmeichelhaft für unsereinen sind.

»Was der wohl denkt?«, fragte ich, und Schlumpel sagte: »Der denkt: Die spinnen, die Menschen.«

»Wir sehen hier«, so Konrad, »einen feinsinnigen, nachdenklichen, literarisch und philosophisch gebildeten Kater. Er liebt es, wie man an den vollen Regalen sieht, zwischen Büchern zu leben, das ist seine Welt, die Welt draußen mit ihrem Krach und Herumgehetze ist ihm ein Graus. Wie mir. Und wie meinem Schnuff. Döskopp!« Er gab Schnuff einen liebevollen Stups, Schnuff erwachte, sah ihn nachdenklich und feinsinnig an, streckte die Pfote aus und ergatterte ein weiteres Gutsel.

Nun ist bei uns recht selten der Teufel los. Und wenn Konrad mal los ist, hat man nicht zu pennen. Weshalb er Schnuff Aufmerksamkeit heischend am Ohr zog und zum nächsten Bild blätterte, ebenfalls von Monsieur Sempé.

»Maus!«, sagte Schnuff eifrig.

Eine Maus rannte, wie Mäuse gern tun, vor einer Katze davon. Die Verfolgungsjagd fand in einer Kirche statt, und über dem Kopf der Kirchenmaus schwebte ein Heiligenschein. Die Katze umschwebte nichts dergleichen, sie wirkte nicht nur unheilig, sondern geradezu dämonisch.

Schnuff fand die heilige Maus lustig.

Die ältere Dame in ihrem Kirchenstuhl wirkte ge- und verstört; Heiligenscheine, hörte ich sie vor sich hin grummeln, gehörten ausschließlich auf Heiligen-, nicht auf Mauseköpfe. Und was er sich nur dabei gedacht habe. Sie schien ihren Monsieur Sempé zu kennen, schließlich war sie seine Lieblingsälteredame, die er schon in so manches Bild hineingezeichnet hatte.

Dann fiel mir auf, dass von der nur angedeuteten Muttergottesgestalt auf dem Altar ein ebenfalls nur angedeuteter heller Schein ausging, in dessen Kegel sich die Maus befand. Die Gütige hatte, so sah ich das, mit dem Heiligenschein der Ärmsten eine Art Rettungsring zugeworfen. »Wo Gefahr ist, wächst das Rettende auch«, sagte ich, und Konrad erwiderte, ich solle nicht so geschwollen daherreden, und ich meinte, das sei von Hölderlin, woraufhin Konrad protestierte, ich hätte es ihm, Konrad, sozusagen von der Zunge genommen, dieses herrliche Wort. Zwar hofften wir, der Heiligenschein werde die Katze von ihrem mörderischen Tun abhalten, doch die Katze wirkte nicht, als wolle sie gleich in sich gehen und die Pfoten falten zum Gebet. Wie das Drama enden würde, weiß wohl nur Monsieur Sempé allein. Weshalb wir der Maus alles Gute wünschten und Konrad das Blatt umschlug.

Auch auf dem nächsten Bild ging es wild zu: Eine Kammer mit einer Art Betpult, einem Wandbord und einem Bett mit grünen Vorhängen; ganz vorne ein junges Mädchen in leuchtend rotem Kleid und blauem Schleier, das sich uns zuwandte und abwehrend die Hände hochhielt. Es war aber nicht Konrads Anblick, der sie erschreckte, sondern der eines hellblau gewandeten Engels, der durch die zum Garten hin offene Tür hereinstürmte, in der linken Hand eine Lilie, die rechte zum Gruß erhoben.

»Draußen überm Baum ist noch einer«, sagte Schlumpel, »der hat sich in eine Wolke gewickelt.«

Der Wolkenumwickelte zeigte mit ausgestreckter Hand auf das Mädchen.

»Der hat einen Bart«, sagte Schnuff. »Wie Konrad unser.«

»Das ist nicht Konrad unser«, sagte ich, »das ist Vater unser, auch lieber Gott genannt.«

Schnuff fand, der gucke aber nicht sehr lieb. »Der Engel«, sagte er, »hat Flügel. Wie so ein Flatterhuhn. Nur größer.«

»Die junge Frau ist die Mutter Maria, die Weihnachten an unserer Krippe gestanden ist«, sagte ich.

Schlumpel machte einen langen Hals, sah aber keine Mariamutter. Denn zu einer Mutter gehöre ja schließlich ein Junges. Sie, Schlumpel, habe sogar vier gekriegt.

»Auf dem Bild ist sie noch keine Mutter«, erklärte Konrad. »Aber der Engel sagt ihr, sie könne sich schon mal im Voraus freuen.«

»Die tut aber nicht freudevoll gucken«, sagte Schlumpel.

»Sie muss aber«, sagte Konrad, »sonst fällt Weihnachten aus.«

»Warum?«, fragte Schnuff.

»Der da« – Konrads Finger deutete auf unseren Vater auf der Wolke – »befiehlt es. Und mit dem ist nicht gut Kirschen essen.«

Dann entdeckte Schlumpel das graubraune Katzentier in der Mitte des Zimmers. Alle Anzeichen von Missbehagen zeigend, wich es vor dem wilden Engel zurück, nahm die Pfoten untern Arm und Reißaus.

Für Schlumpel war der Fall klar. »Der Kater hat Schiss vor dem Engel.«

»Nix Kater«, sagte Schnuff. »Nix Schiss. Katze.« Er sah Konrad geradezu flehentlich an: »Nix Katergutsel?«

»Nix Katze«, sagte Schlumpel. »Kater. Er haut ja ab. Tät ich nicht, als Katze. Den Kerl tät ich fleddern.«

»Doch Katze«, sagte Schnuff. »Die mag keine Engel. Kater mögen Engel. Schnuff mag sehr Engel und Katergutsel.«

»Drum hast du die auch an Weihnachten alle verschleppt«, sagte Konrad.

Schnuff beschnüffelte das Bild. »Die Engelsblume tut stinken. Katergutsel tun nicht stinken.« Er stieß energisch mit der Schnauze an Konrads geschlossene Hand.

»Das ist eine Lilie«, sagte ich, »so eine bekommt nur, wer eine reine Jungfrau ist.«

»Ist sie nicht«, sagte Schlumpel. »Wo sie doch ein Junges kriegt.«

»Das verstehst du nicht«, sagte Konrad. »Ich versteh's auch nicht. Wer soll das je verstehn!«

»Kriegen Engel Engelsgutsel?«, erkundigte sich Schnuff.

»Engel kriegen gar nix.« Konrad öffnete die Hand. »Nur mein Schnuff kriegt was.« Schnuff happste nach dem Katergutsel und schleckte dann jeden einzelnen Konradfinger ab.

»Kriegen Engel auch Junge?«, fragte er dann.

»Klar«, sagte Schlumpel. »In der Kirche von meinem Pfarrer, bei dem ich zuerst gewohnt hab, waren ganz kleine. Ziemlich dick und nackig.«

»Wo Schlumpel recht hat«, sagte Konrad, »hat sie recht.« Und zu mir sagte er: »Hol mal das dritte Buch von oben in der zweiten Reihe!«

Ich legte ihm das Buch in den Schoß, Konrad suchte darin herum, dann hatte er es: »Alle mal herhören.«

Wir hörten alle hin.

»Mir träumte«, las Konrad, »ich käme an einem Palais der Frau Markgräfin vorbei. Ich gehe in den Hof, wo unter anderem Geflügel zwei Engel gehalten wurden, ein Männlein und ein Weiblein. Das Weiblein war schwanger.«

»Also wenn das unser Papst hört, bricht sein Weltbild zusammen«, sagte ich.

Konrad grinste. »Das hat geschrieben der

alemannische Dichter Johann Peter Hebel, ein frommer Christ und Mann der Kirche. Vermutlich hat das lose Engelspärchen die päpstliche Enzyclika Humanae Vitae nicht gelesen.«

Die gelte aber nicht für Engel, sagte ich, sonst hieße die Enzyklica doch wohl Angelicae Vitae. Was Konrad zugeben musste.

Dann blätterte er weiter. Das nächste Katzentier, ein stattlicher Tiger, würdevoll thronend auf einem roten Kissen vor einem prächtig beschnurrbarteten Mann mit roter Mütze und einer Zigarette in der Hand, sah uns weniger freundlich als eindringlich an.

»Die hat einen komischen Guck«, fand Schnuff.

»So tätest du auch gucken«, sagte Schlumpel, »wenn du keinen Schnurrbart hättest.«

Tatsächlich war die Katze schnurrbartlos, entweder hatte der Maler, Monsieur Henri Rousseau, den Bart vergessen oder mit Absicht weggelassen, aus welchem Grund auch immer.

Dann freuten wir uns noch an der Katzensonate von Moritz von Schwind, wo kleine Kätzchen in den Notenlinien herumpurzeln; danach an einem weiteren Paradiesbild, diesmal vom rätselhaften Meister Hieronymus Bosch, in dem, umwimmelt von vielen Geschöpfen,

Gottvater dem Adam gerade Eva zuführt. Und wieder gab's eine Katze, die, im Maul eine Maus, zum Bild hinauslief.

»Sieht nicht ausgesprochen vegetarisch aus«, sagte ich. »Sagtest du nicht, im Paradies werde niemand gefressen?«

Konrad vermutete, das habe Gottvater wohl vergessen der Katze mitzuteilen.

Schlumpel hingegen erklärte, die Maus sei nur zu faul zum Laufen, drum lasse sie sich von der Katze spazieren tragen. Eine, wie ich fand, originelle, aber letztlich doch unbefriedigende Erklärung, und so hofften wir, es handle sich nicht um die von der zähnefletschenden Katze verfolgte heilige Kirchenmaus von Monsieur Sempé.

Auf der nächsten Seite sprang uns eine wilde graue Katze ins Gesicht – es sah aus, als hätte man sie in ihre Bestandteile zerlegt und diese dann nicht wieder richtig zusammengesetzt –, ein gräßliches Vieh, das sein Dasein dem eigenwilligen Pinsel Pablo Picassos verdankte. Schlumpel fauchte die Bestie mutig an, Schnuff fauchte auch, aber nur maßvoll. Die Bestie fauchte zurück mit einem so stinkenden Raubtieratem, dass wir alle zurückfuhren und Konrad schnell die Seite umschlug. Dann hatte Schlumpel genug und gähnte, Schnuff ebenfalls, und weil Gähnen ansteckt, tat ich es ihnen gleich. Was Konrad zu der Bemerkung veranlasste, er sei hier wohl der Einzige, der vor Munterkeit sprühe.

Ich versicherte ihm, morgen würden auch wir anderen drei wieder munter sprühen, nahm ihm das Buch aus der Hand, wünschte allen eine gute Nacht und ging schlafen.

So gegen zwölf musste ich raus, und als ich wieder ins Bett wollte, hörte ich von draußen seltsame Laute. Ich sah zum Schlafzimmerfenster hinaus und sah – und sah – wenn ich das Konrad erzähle, dachte ich, lacht er mich wieder mal aus. Ich wischte mir die Augen, schaute genauer hin, sah aber immer noch das Gleiche: mitten auf meiner Wiese ein paar Katzen, die mir bekannt vorkamen. Ich holte das Katzenkunstbuch, das neben dem Bett lag, und schlug es auf.

Die Katzen waren weg, einfach abgehauen und hatten lediglich die Umrisse ihrer Gestalt zurückgelassen. Nun hockten sie in meinem Garten, wo sie raunzend und maunzend ein großes Palaver abhielten. In ihrer Mitte mein lieber Stoffele, der mit den Pfoten herumfuchtelte und offenbar das große Wort führte; rechts neben ihm meine liebe Schlumpel, links, Stoffele anhimmelnd, Konrads lieber Schnuff.

»Da hätt man gern seine Ruh«, sagte die Katze aus dem Verkündigungsbild, »und dann stürzt so ein Engelskerl ins Zimmer und macht ein Mordsgedöns und rauscht widerlich mit den Flügeln und brüllt, dass wir gegrüßet seien. Ich wollt aber nicht gegrüßet sein, schon gar nicht auf Englisch, und bin abgehauen. Rumbrüller machen sich bei uns Katzen nicht beliebt. Und bei Engeln weiß man ja nie, die haben oft so was Entschiedenes im Blick, am besten man verdrückt sich. Engel nerven.«

»Ihr müsst die Kerle nur richtig ziehen«, sagte Stoffele, »so wie ich meinen Kumpel, den Katzengel, mit dem flieg ich nachts immer so rum und num. Der spurt.«

Die Schwind-Kätzchen turnten in der Birke herum, unter der die Versammlung tagte – vielmehr nächtigte –, sie quietschten und maunzten, dass es eine Art hatte, aber nicht durcheinander, nein, ihr Gemaunze und Gequietsche ergab eine hübsche, freche, putzmuntere Melodie, in der, wie oben im Baum die Kätzchen, alle Töne durcheinanderpurzelten. Schnuff schnappte immer wieder mal nach so einem Ton, verschluckte ihn, schleckte sich das Maul, und ich konnte noch eine ganze Weile den immer leiser werdenden Ton hören, der in seinem Bauch herumrumpelte und -pumpelte. Dann fiel mein Blick auf die würdige gestreifte Katze aus dem Rousseau-Gemälde.

Im Bild war sie oben ohne, nun aber verfügte sie über einen grandiosen Schnurrbart. Die Katze erklärte, der rotbemützte Mann auf dem Bild verfüge, wie man ja sehen könne, auch über einen allerdings eher mickrigen Schnurrbart, der dem ihren nicht das Wasser reichen könne. Dieser eitle Geck habe den Maler überredet, den katzligen Schnurrbart einfach wegzulassen, damit niemand auf die Idee käme, ihrer beider Schnurrbärte zu vergleichen. Was eine Unverschämtheit gewesen sei und typisch Mensch, weil der die schnurrbartliche – und auch sonstige – Überlegenheit anderer Geschöpfe nicht ertragen könne. Stoffele strich sich seinen Bart, Schlumpel teilte der Runde mit, sein Schnurrbart sei sowieso der prächtigste; Stoffele meinte, ihrer sei aber auch nicht von schlechten Großeltern, und der von Schnuff immerhin schwer im Kommen. Was Schnuff so beglückte, dass er einen Purzelbaum schlug, dabei die so unsanft wie unliebenswürdig aussehende Picasso-Katze anrempelte, erschrocken aufjaulte und sich mit einem Satz hinter Stoffele in Sicherheit brachte.

»Ich bin ja gar nicht wild«, sagte die Bestie. »Innendrin bin ich sehr zart, ein Muster an Liebenswürdigkeit und guten Manieren. Wenn einer von uns beiden wild ist, dann dieser Maler. Er hat mir seine grausame Wildheit mit dem Pinsel aufgezwungen. So eckig und kantig und verschachtelt, so blutgierig wie ich jetzt bis in alle Ewigkeit ausseh, streichelt mich keiner. Und ich möchte so gern auch mal gestreichelt werden. Ich hab richtig Angst vor mir selber.«

Ich beschloss, mir das zu merken und, sollte gelegentlich eins daherkommen, auch mal ein wild oder verschachtelt oder seltsam zusammengesetzt wirkendes Geschöpf zu streicheln, das im Grunde vielleicht herzenszart ist und dessen Angst einflößendes Aussehen und Gehabe in Wahrheit nicht seiner innersten Natur entspricht.

Dann trat aus dem Dunkel die gefleckte Katze aus dem Garten Eden, im Maul immer noch ihre Maus.

»Das geht aber nicht«, rief ich, »im Garten Eden isst man vegetarisch, da wird niemand gefressen. Befehl vom lieben Gott.«

»Konrad unser sagt das auch«, erklärte Schnuff, der bisher den Mund nicht aufgetan hatte, mutig und stolz.

»Befehle«, sagte die Katze – es klang etwas dumpf, der Maus wegen – »Befehle sind was für Hunde und Menschen. Nicht für uns Katzen. Da könnt ja jeder kommen.«

»Aber unser Konrad ist nicht jeder«, sagte ich, »der liebe Gott schon gar nicht.« Und dann fiel mir ein genialer Satz ein: »Der ist das Allerhöchste, was es auf diesem Gebiet gibt.«

Während ich mir selbst auf die Schulter klopfte, vernahm ich tief in mir drin Konrads liebe Stimme, die sagte, dieser geniale Satz sei nicht mir eingefallen, mir fielen nie geniale Sätze ein, sondern unserem aphoristischen Freund Robert Meßmer aus Emmendingen, dessen Genialität in umgekehrt proportionalem Verhältnis zu seinem Bekanntheitsgrad stehe.

»Da ist der liebe Gott selber dran schuld«, sagte die Katze, »schließlich hat er uns so gemacht, wie wir sind, weil er uns gerade so haben wollte.« Sprach's, kauerte sich zusammen, machte sich über die Maus her und ließ nur die Galle übrig. »Bei einem Befehl klappt man als Katze die Ohren zu, da kann der so allerhöchst sein, wie er will.«

»Aber nicht, wenn der Kater befiehlt«, sagte Stoffele. »Ein Kater ist nämlich das Allerallerhöchste auf jedem Gebiet.« Und zu Schnuff sagte er: »Merk dir das, mein Kleiner! Besonders wenn er schwarz ist mit einem weißen Tüpfel hinten.« Er drehte sich um, sodass jeder besagtes Schlusslicht bewundern konnte, und sagte noch etwas in der Art, dass er nicht glaube, der liebe Gott habe hinten einen so großartigen Tüpfel. Er ist und bleibt halt in alle Ewigkeit mein alter Stoffele, dachte ich gerührt.

»Schnuff hat auch kein Tüpfel«, sagte der traurig, worauf Stoffele gütig erklärte, graue Kater hätten dafür ein paar andere großartige Eigenschaften, nur fielen ihm gerade keine ein.

Dann schlug die Kirchturmuhr von Tiefenhäusern den Katzen die Stunde, und weg waren sie. Schlumpel verzog sich in Richtung Gartenhäuschen, wo sie auf einem alten Sack zu schlafen pflegt, weshalb sie, wenn sie morgens zum Frühstück kommt, ziemlich muffig riecht, Schnuff kringelte sich im leeren Vogelbad zusammen. Ich sah wieder im Buch nach, und da hockten sie brav, die Künstlerkatzen, jede an ihrem Ort. Und ich ging wieder ins Bett und stellte mir Konrads Gesicht vor, wenn er mich morgens nicht mehr darin fände, nur noch meinen leeren Umriss, während ich mich Gott weiß wo herumtriebe, eine Vorstellung, die mich ungemein erheiterte.

Blick ins Gelobte Land

In der Spüle stapelte sich das Geschirr, drei Knöpfe warteten darauf, angenäht zu werden, vorwurfsvoll starrten mich ungeputzte Fensterscheiben an, und immer höher wuchs der Wäscheberg.

Da ich mich nicht gern drängeln lasse, beschloss ich, nachdem ich immerhin Konrads Schlafanzug gebügelt hatte, mich auf die Couch zu legen, ein Buch zu lesen – ich bin nicht nur ein Lebewesen, sondern auch ein Lesewesen –, keinen Strich zu tun und den Tag in Muße zu verbringen, in der vagen Hoffnung, der Wäscheberg sei abends von selbst niedriger geworden, die Knöpfe hätten sich selbst angenäht und die Fensterscheiben seien in sich gegangen und hätten sich aus purer Verzweiflung selbst geputzt.

Schlumpel tat es mir gleich. Sie sprang auf die Couch, legte sich auf meine Füße, machte Müffchen und sah mich freundlich schnurrend an. Ich erkundigte mich, wo Schnuff sich herumtreibe.

»Der treibt sich nicht rum«, sagte Schlumpel. »Der liegt im Konradbett auf Konrad seinem Schlafanzug.«

»Aber den hab ich gerade vorhin erst gebügelt.«

»Drum liegt Schnuff ja drauf. Der hat's gern warm.«

Ich ließ ihn dort liegen. »Schlumpel«, sagte ich, »heut bin ich mal so richtig faul.«

Schlumpel zwinkerte, was ich als Zustimmung deutete.

»Man kann schließlich nicht immer nur rumhetzen«, sagte ich.

Obwohl ich, ehrlich gesagt, auch sonst nicht gerade rumhetze, was mit der Weisheit des – nein, noch nicht des Alters, sondern mit der Weisheit des Nichtmehrganzsojungseins zu tun hat. »Man muss sehen, wie man den Tag rumbringt, ohne dass einem abends die Zunge aus dem Hals hängt. Was machst du eigentlich den Tag über, als Katze? Manchmal bist du stundenlang unsichtbar.«

Schlumpel sagte, als Katze habe sie jede Menge hochwichtiger Dinge zu tun. »Morgens, wenn die Sonne aufgeht, geht man auch auf und freut sich, dass man wieder da ist, man gähnt, man streckt sich, man schleckt sich, steigt aus dem Körbchen, man guckt in sein Schüsselchen, ob schon was drin ist, man nimmt einen kleinen Happen zu sich, dann guckt man, ob draußen noch alles da ist, und freut sich, wenn nix verschwunden ist. Man beschnuffelt alles, wie Schnuff, man trifft jemand, den Seppi oder den Charly oder den Othello, man verhaut jemand, man hockt vor dem Mausloch. Kommt die Maus nicht raus, sagt man so laut, dass sie's hört, man sei gar nicht scharf auf so eine mickrige Maus; dann läuft man übers Auto vom oberen Nachbarn, damit der sich freut, wenn er die Tapser sieht, dann geht man zum unteren Nachbarn und guckt, ob was in Hansels Schüsselchen ist, was gut aussieht und interessant riecht, dann nimmt man einen Happen, dann sucht man sich ein Plätzchen, wo's ruhig ist, dann schleckt man sich, dann pennt man ein bisschen, wenn's regnet, im Körbchen, sonst unterm Holunder; dann geht's weiter, gucken, was los ist, dann muss man mal, dann verscharrt man das Gemusste, man ist ja kein Hund, der zu blöd ist zum Verscharren, dann guckt man schnell nach dem Vogel, wie's dem so geht, dann klettert man auf die Weide, wegen der schönen Aussicht und weil man von dort alles sehen kann, was sehr wichtig ist, als Katze muss man immer oben sein und den Überblick haben, Katzen sind nämlich Überblicker, dann springt man noch höher aufs Dach und guckt runter, Katzen sind nämlich Runtergucker, man sieht den Seppi, der da steht und naufguckt und maunzt, dann geht's wieder nunter, dann dem Seppi nach, damit der weiß, wem seine Wiese das ist, wo er immer drauf rumrennt, und wem die Mäuse gehören, dann guckt man wieder in ein fremdes Schüsselchen, was da drin ist, dann schlenkert man die Pfote, wenn's einem nicht passt, wenn's passt, schlenkert man eben nicht, dann pennt man wieder ein bisschen, dann schnurrt man ein bisschen, dann guckt man, dass man einen Streichel kriegt, dann schleckt man sich, damit man nicht so nach Mensch riecht, dann freut man sich, dass die Sonne warm macht, dann legt man sich in einen Sonnenkringel; dann fängt man eine Schneeflocke, aber nur, wenn's schneit, sonst nicht, man raschelt in den Blättern, die runtergefallen sind, aber nur im Herbst, sonst nicht, dann geht man wieder heim und stellt sich vor die Tür und maunzt, bis man reinkann, dann will man wieder raus, dann wieder rein, was Spaß macht, weil unser Konrad sich ärgert, weil er immer aufstehen muss, wegen dem Rein und dem Raus, und dann rennt man zum Sessel und ist schneller als Konrad, weil der nur zwei Pfoten hat, dann freut man sich, wenn er so guckt, wie er dann guckt, dann sitzt man im Sessel und sagt Ätsch, oder auch in seinem Körbchen, dann ohne Ätsch, und freut sich, wenn die Musik schön leise ist und nicht rumdonnert, was unser Konrad aber mag, das Rumgedonnere, man guckt hinaus, wenn es dunkel wird, und man sieht Sachen, die sonst keiner sieht, erst recht nicht so ein Mensch, nur als Katz sieht man solche Sachen, weil nur eine Katz so besondere Ichsehwaswasdunichtsiehstaugen hat, man gähnt, dann geht man unter, und wenn man wieder aufgeht, geht's von vorne los.«

»Da hast du aber ganz schön zu tun«, sagte ich bewundernd, »das wär zu viel für mich. Gut, dass ich keine Katze bin.«

Schlumpel guckte, als wollte sie sagen, wie gut, dass ich kein Mensch bin, ein Mensch sein, nein, wie schrecklich, sich nicht kratzen können, wo's juckt, sich nicht schlecken, wo man dreckig ist, weil man nicht um sich herumkommt mit der Zunge, und nicht raufkommen auf den Baum und die Vorderpfoten nicht zum Müffchen machen, nie eine Maus, und nicht gestreichelt werden und –

»Konrad streichelt mich doch auch«, sagte ich.

»So oft wie du mich?«, fragte Schlumpel skeptisch.

»Na ja, nicht alle naslang. Aber immer mal wieder zwischendurch, wenn es ihn überkommt.«

»Mit dem Strich oder gegen den Strich?«

»Ich hab kein Fell wie du, Schlumpel. Und

ich schleck mich hinterher nicht ab, so wie du dich.«

»Warum nicht?«

»Das tät ihn kränken.«

»Eigentlich ist er nicht so übel«, sagte Schlumpel versöhnlich und zwickte die Augen zu. »Kann man lassen, unseren Konrad. Ohne den wär's viel langweiliger. Weil er sich immer so schön ärgert.« Dann ging meine Katze unter. Ich ging noch nicht unter, ich betrachtete sie, wie sie dalag und ruhig atmete, aber etwas schneller als wir Menschen. Vielleicht schlief sie, vielleicht döste sie auch nur, ihre Pfoten zuckten manchmal, und ich dachte, wie schön es ist, mit einer Katze zu leben, weil das Leben mit Katze so viel wärmer ist als ohne. Katzen sind seelische Öfen, und man muss nicht einheizen, sie heizen von sich aus, man muss nie Öl nachfüllen, Katzen sind öl-, gas- und kohleunabhängig, Katzen heizen immer. Solange sie da sind, gehen sie nicht aus. Und welcher Ofen hat schon einen Schnurrbart und einen Schwanz, mit dem er schöne Kringel machen kann? Auch wärmen sie die Füße oder den Bauch, wenn sie sich drauflegen und ein bisschen nickern. Und ich dachte an den Dichter Elias Canetti, der gesagt hat, wie traurig er darüber sei, nie im Leben ein Tier umarmt zu haben, weil er ein so unstetes Leben habe führen müssen, dass für ein Tier kein Platz darin gewesen sei. Das ist ja der Vorteil eines ruhigen, steten, eher langweilig dahinfließenden Lebens. Es ist Platz darin für ein Tier. Doch ist der Dichter oft in den Zoo gegangen, wo immer er gerade lebte, und hat sehnsüchtig die Tiere betrachtet und hätte gern eins gestreichelt. Weil er sie nicht mit seinen Händen streicheln konnte, hat er es mit Wörtern getan und ein paar schöne Sätze über Tiere geschrieben. Sätze wie diesen:

»Je mehr uns von den Tieren trennt, umso kostbarer sind sie.«

Oder diesen:

»›Mensch‹ ist für ihn kein Wunder mehr. Ein Wunder für ihn ist ›Tier‹.«

Ich strich meiner Katze, die mit eingerollten Pfoten neben mir lag, über das weiche rote Fell. »Wo bist du gerade, Schlumpel?«

Sie hob den Kopf, sah mich an.

»Ich meine, wo bist du, wenn du so daliegst wie gerade jetzt?«

»Bei mir«, sagte Schlumpel.

»Und wie ist es bei dir?«

»Sag ich nicht.«

»Warum nicht?«

»Weil es ein Geheimnis ist.« Sie legte den Kopf auf die Pfoten und war wieder ganz bei sich.

Obwohl Katz und Mensch einander nahe sein können, ist jede Katze ein Geheimnis. Immer ist eine Grenze da. Und an der Grenze ein Schild, auf dem steht: Mensch ist Mensch und Katz ist Katz. Und hinter dem Schild ist Katzenland. Man steht an der Grenze, man schaut wie Moses vom Berg Tabor ins Gelobte Land, in das man nie hineingelangen wird.

Aber schon der Blick ins Gelobte Land ist schön.

Zum guten Schluss

Seit Tausenden von Jahren schreibt der Mensch Liebesgedichte und Liebesgeschichten. Auch heute kann er es nicht lassen, und in tausend Jahren wird er es immer noch tun, wenn uns die Liebe bis dahin nicht ausgegangen sein sollte und es uns nicht die Sprache verschlagen hat.

Es steht nichts Neues in diesen Geschichten, weil es nichts Neues unter der Sonne gibt, wie schon der weise König Salomo wusste. Man will ja auch immer wieder das Alte hören, vielleicht mit anderen Wörtern, anderen Sätzen, aber immer wieder, was man schon weiß, was man schon kennt, was man schon liebt. Mit viel Tandaradei. Tandaradei, so sang die Nachtigall, als Walther von der Vogelweide mit seiner Liebsten unter der Linde lag, tausend Jahre ist das erst her. Tandaradei. Und sie liegen immer noch dort.

Seit ichweißnichtwievielen Jahren schreibt der Mensch Katzengeschichten. Und es werden weiter Katzengeschichten geschrieben, immer wieder neue, die – jeder weiß es – kaum anders sind als die alten. Weil auch die heutigen Katzen, über die ein heutiger Mensch schreibt, kaum anders sind als die vergangenen Katzen, über die ein vergangener Mensch geschrieben hat. Es sind lustige, traurige, ernste, heitere, erschütternde, tröstliche, tragische, alberne, besinnliche, anrührende, ärgerliche, großartige, kitschige, kunstvolle, realistische, absurde, glaubliche und unglaubliche Geschichten. Man liest sie, weil man nicht genug von Katzen hören kann und von ihren Menschen, von Menschenkatzen und Katzenmenschen. Und im Grunde ist es ganz egal, ob man sie Katzengeschichten nennt oder Liebesgeschichten, denn was sind Katzengeschichten anderes als Liebesgeschichten. Mögen uns die Katzen und die Liebe und die Wörter nie ausgehen! Tandaradei.

Eva Berberich im dtv großdruck

»Es wird Katzenbücher geben,
solange es Menschen gibt.«
Stuttgarter Zeitung

Alles für den Kater

ISBN 978-3-423-**25187**-7

Eine idyllische Katzengeschichte um eine ältere Dame und einen Kater, der in ihrem Leben einen wichtigen Platz einnimmt.

Das Glück ist eine Katze

ISBN 978-3-423-**25232**-4

Heitere und hintersinnige Geschichten aus dem Leben einer Katze.

Nicht ohne meinen Kater!

ISBN 978-3-423-**25280**-5

Die bezaubernde Fortsetzung von ›Das Glück ist eine Katze‹.

Der Kater, der nicht reden wollte

ISBN 978-3-423-**25316**-1

Der kleine Kater Schnuff sorgt für Aufregung im Haus.

In der Blauen Stunde kommen die Katzen

ISBN 978-3-423-**25295**-9

Eine fantasievolle Katzengeschichte – mit Zeichnungen von Eva Berberich und Jacqueline Kiang.

Mit Illustrationen der Autorin.

Bitte besuchen Sie uns im Internet: www.dtv.de